다시 아이를 키운다면
뇌과학부터

Original title: Drei tage, zwei Frauen, ein Affe und der Sinn des Lebens: Eine inspirierende Reise zu unseren Gedanken, Gefühlen und unserem verborgenen Potenzial by Karolien Notebaert

다시 아이를 키운다면
뇌과학부터

뇌과학자 엄마와 사춘기 딸의 2박 3일 뇌 트래킹

목차

3부 더 큰 가능성의 세계로 인도하는 뇌 작동법 : 지혜로운 원숭이로 길들이기

셋째 날 라운드우드에서 에니스케리까지

최고 버전의 나로 업그레이드하다

프롤로그

사흘, 두 여자, 원숭이 한 마리 그리고 인생의 의미

딸과 나는 일 년에 한 번 둘만의 여행을 떠난다. 자연을 좋아하기도 하지만 무엇보다 자신과 서로를 더 잘 알아가기 위해서다. 아일랜드인과 벨기에인의 피가 반씩 섞인 마리는 어릴 때부터 고향 아일랜드를 두 발로 누비길 좋아했다. 올해 우리는 동부지방의 위클로 산맥 길을 선택했다. 히말라야나 알프스보다도 오래된 위클로 산맥에는 뭔가 특별한 아름다움과 고요함이 있다. 푸른 숲과 탁 트인 들판, 투명한 호수……, 그림 같은 풍광에 마리와 나는 때때로 환호하고 고요에 젖어 말없이 걷기도 했다.

어느새 열일곱 살인 마리는 이번 여행에서 많은 질문을 던졌다. 살면서 누구나 한번은 던지는 질문들이다. '나는 누구인가?' '나는 어디로 가고 싶은가?' '어떻게 하면 옳은 결정을 내릴 수 있을까?' 엄마로서, 뇌를 연구하는 과학자로서 나는 최선을 다해 답했다. 우리 뇌가 어떻게 작동하고, 생각이 어디서 나오며, 왜 생각이 우리 인생에 대단한 영향을 주는지를 마리의 보폭에 맞추듯 쉽고 간결하게 설명했다. 길 위에서 만난 양 떼와 폭포, 보랏빛 히스 꽃, 특별한 사람들이 마리와 나의 대화에 풍부함을 더해주었는데, '잠재워야 하는 원숭이'가 우리를 계속 따라다녔다. 이 원숭이가 마리에게는 뇌를 이해하는 중요한 모티브가 되었다.

무엇보다 나는 마리에게 우리는 이미 하나의 존재로 완벽하다는 것을 말해주고 싶었다. 그러나 삶이 계속되는 한 아직은 완성된 게 아니므로 우리 스스로 더 만들어가는 노력이 필요하다는 점도. 그 여정에 뇌과학이 있다. 뇌를 알면 자신의 행동과 감정을 이해하고 나아가 스스로 조율하는 법도 터득할 수 있게 된다. 우리를 쉴

새 없이 조정하려 드는 머릿속 원숭이의 존재를 눈치채고 따라가지 않는다면, 즉 생각과 감정에 휩쓸리지 않으면 우리는 충분히 더 좋은 삶을 살 수 있다.

아름답고 환상적인 아일랜드 위클로. 두 여자와 원숭이 한 마리 그리고 인생의 의미. 사흘간의 여정은 완벽했다. 한 걸음이 이어져 우리를 어디론가 데려가듯, 한 생각이 삶을 바꿀 수 있음을, 이 책이 그 길의 작은 안내서가 되길 바란다.

사흘 동안 마리의 인생이 바뀌었다.

- 사랑을 담아서,

카롤리엔 노터베어트Karolien Notebaert

아일랜드 위클로 웨이 Ireland Wicklow Way

마리와 엄마의 2박 3일 여정

뇌과학자 카롤리엔과 딸 마리가 걸었던 길. 아일랜드 사람들이 가장 사랑하는 트래킹 코스이다. IRA 무장대원들이 영국군을 피해 이곳으로 숨어들어 결전을 벌였다고도 한다. 제주도의 오름처럼 완만한 구릉이 이어지고, 하루에도 5번 이상 비가 오락가락 하므로 여름에도 비옷과 따듯한 옷을 준비해야 한다.

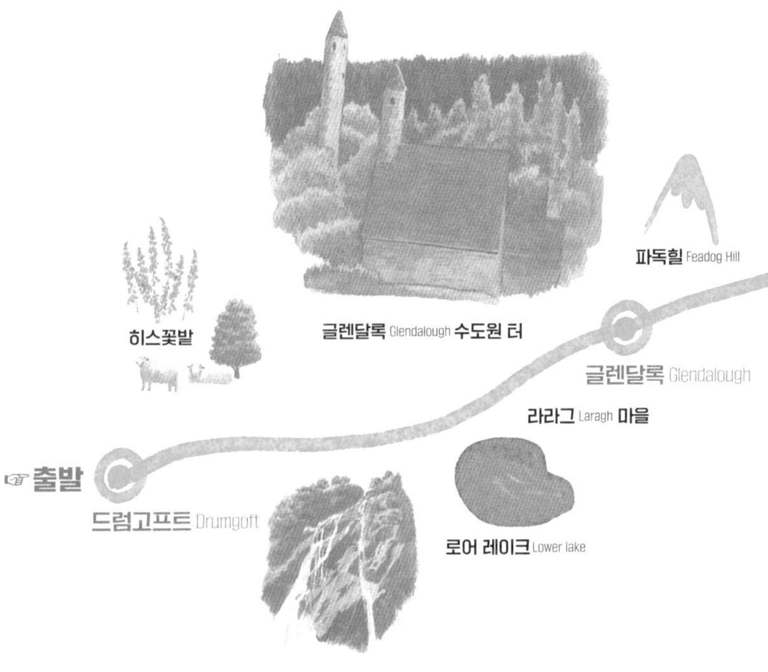

파워스코트 Powerscourt 폭포
루갈라 Luggala 산
에니스케리 Enniskerry

양치류 덤불숲
화이트힐 White Hill
스카힐 Scarr Hill
라운드우드 Roundwood

러프 테이 Lough Tay 호수

뇌의 여정

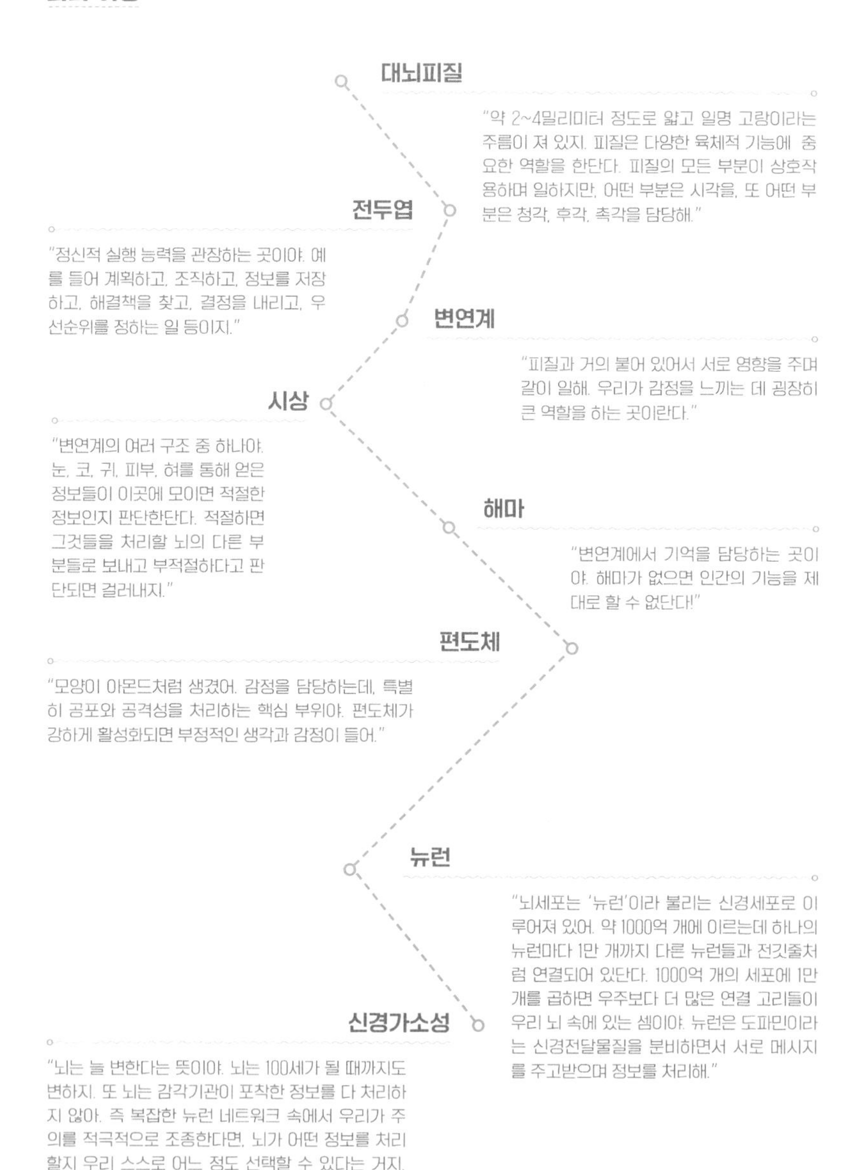
대뇌피질
"약 2~4밀리미터 정도로 얇고 일명 고랑이라는 주름이 져 있지. 피질은 다양한 육체적 기능에 중요한 역할을 한단다. 피질의 모든 부분이 상호작용하며 일하지만, 어떤 부분은 시각을, 또 어떤 부분은 청각, 후각, 촉각을 담당해."
전두엽
"정신적 실행 능력을 관장하는 곳이야. 예를 들어 계획하고, 조직하고, 정보를 저장하고, 해결책을 찾고, 결정을 내리고, 우선순위를 정하는 일 등이지."
변연계
"피질과 거의 붙어 있어서 서로 영향을 주며 같이 일해. 우리가 감정을 느끼는 데 굉장히 큰 역할을 하는 곳이란다."
시상
"변연계의 여러 구조 중 하나야. 눈, 코, 귀, 피부, 혀를 통해 얻은 정보들이 이곳에 모이면 적절한 정보인지 판단한단다. 적절하면 그것들을 처리할 뇌의 다른 부분들로 보내고 부적절하다고 판단되면 걸러내지."
해마
"변연계에서 기억을 담당하는 곳이야. 해마가 없으면 인간의 기능을 제대로 할 수 없단다!"
편도체
"모양이 아몬드처럼 생겼어. 감정을 담당하는데, 특별히 공포와 공격성을 처리하는 핵심 부위야. 편도체가 강하게 활성화되면 부정적인 생각과 감정이 들어."
뉴런
"뇌세포는 '뉴런'이라 불리는 신경세포로 이루어져 있어. 약 1000억 개에 이르는데 하나의 뉴런마다 1만 개까지 다른 뉴런들과 전깃줄처럼 연결되어 있단다. 1000억 개의 세포에 1만 개를 곱하면 우주보다 더 많은 연결 고리들이 우리 뇌 속에 있는 셈이야. 뉴런은 도파민이라는 신경전달물질을 분비하면서 서로 메시지를 주고받으며 정보를 처리해."
신경가소성
"뇌는 늘 변한다는 뜻이야. 뇌는 100세가 될 때까지도 변하지. 또 뇌는 감각기관이 포착한 정보를 다 처리하지 않아. 즉 복잡한 뉴런 네트워크 속에서 우리가 주의를 적극적으로 조종한다면, 뇌가 어떤 정보를 처리할지 우리 스스로 어느 정도 선택할 수 있다는 거지. 그러니까 우리가 생각과 감정을 선택할 수 있다는 뜻이란다."

1부

인생의 모든 문제는 뇌에서 시작된다 :
내 마음속 원숭이 한 마리

"네가 누구인지 알고 싶으면 먼저 네 생각을 보는 게 도움이 될 거야.
우리 뇌는 끊임없이 엄청나게 많은 생각을 하지.
머릿속에는 말하기를 멈추지 않은 작은 목소리가 하나 있단다.
그걸 '원숭이'라고 부르기로 하자. 원숭이는 우리가 무엇을 생각하고,
느끼고, 해야 하고, 하게 만들어야 하는지 끊임없이 말한단다."

삶은 뇌가 그리는 지도를 따라간다

마리의 질문

"엄마, 내가 누군지 어떻게 알아요?"

열일곱 살 딸이 난데없이 묻는다. 나는 등산화 끈을 매다 말고 딸을 올려다본다. 아이의 이마에 주름이 잡힌다, 골치가 아프다는 듯이……. 왜 그런 질문이 떠올랐는지도 모르겠다는 표정이다.

마리와 나는 어제 오후 더블린 공항에 내린 다음 기차를 타고 아일랜드 동부 해안의 그림 같은 풍경을 따라 이곳 드럼고프트로 왔다. 숙소에 짐을 풀자 벌써 밤이었다. 목가적인 농장의 작은 집을 개조해 만든 숙소는 글렌맬류어 계곡 바로 옆에 있어서 몇 분만 걸으면 우리가 걸을 루트에 닿을 수 있었다. 아침에는 숙소 바로 옆에서 계곡 아래로 세차게 흐르는 물소리에 잠이 깼다. 이 계곡의 물이 아본베그 강으로 이어진다.

"그러니까 엄마, 내가 어떤 사람인지 어떻게 아느냐고요? 그리고 어떤 사람이 되고 싶은지는 또 어떻게 알아요?" 걷기 시작하자마자 마리가 또다시 묻는다.

이렇게 근본적인 질문들을 하면 어떻게 단 몇 문장으로 대답할 수 있겠는가?

너는 지금 그대로 완벽해. 하지만 아직 끝나지 않았어

딸과 나는 일 년에 한 번 자연을 만끽하는 둘만의 여행을 떠난다. 둘 다 자연을 사랑하기도 하지만 무엇보다 자신과 서로를 더 잘 알아가기 위해서다. 아일랜드인과 벨기에인의 피가 반씩 섞인 마리는 어릴 때부터 고향 아일랜드를 두 발로 누비길 좋아했다. 올해 우리는 동부지방의 위클로 산맥 길을 선택했다. 히말라야나 알프스보다도 오래된 위클로 산맥에는 뭔가 특별한 아름다움과 고요함이 있다.

숙소를 뒤로 하고 아본베그 계곡에 놓인 돌다리를 건너자 130킬로미터에 달하는 위클로 길 초입이 나타났다. 우리가 사흘간 가고자 하는 길은 드럼고프트에서 에니스케리로 이어지는 길이다. 사람의 발길이 거의 닿지 않은 데다 장엄한 풍광이 멋지게 펼쳐져서 위클로 길에서도 핵심이라고 할 수 있는 길이다. 그 길에 있는 글렌달록 계곡 루트를 나는 특히 고대하고 있다. 글렌달록 계곡 루트에서는 멋진 호수들을 볼 수 있고 길을 계속 따라가다 보면 아일랜드에서 가장 높은 폭포가 있다는 파워스코트가 나온다.

프랑크푸르트에서 출발하기 하루 전날까지 산더미 같은 일을 해치우느라 바빴으므로 나에게는 더더욱 절실한 휴식과도 같은 여행이었다. 게다가 딸과 함께 대화하며 걷고 자연 속에서 고요를 만끽하는 것보다 더 아름다운 일이 있을까 싶었다.

"자, 봐봐! 일단 너는 이미 '어떤 사람'이 되어 있어."

내가 말머리를 꺼냈다.

"나는 사람은 어느 단계에 있든 그 자체로 완벽하다고 믿어. 다만 아직 끝난 게 아닐 뿐이지. 아직 끝난 게 아니니까 계속 우리 자신을 바꾸며 발전해 나가는 거지." 나는 마리에게 어떤 구체적인 답을 한다기보다는 혼잣말처럼 말했다.

"그럼 나 자신을 어떤 사람으로 바꾸고 싶은지는 어떻게 알아요?"

마리는 의문이 풀리기는커녕 더 헷갈리는 것 같았다.

"엄마는 엄마가 누구인지 어떻게 알아요?" 마리가 덧붙여 물었다. 나는 1분쯤 생각해 보고 말했다.

"가끔은 내가 되고 싶지 않은 것으로 내가 누군지 알아내기도 하지."

"그게 무슨 말이에요?"

"예를 들어 설명해 볼게. 마리 네가 아주 어렸을 때 나는 이미 신경과학자로 일한 지 10년이 넘은 상태였지. 나는 인간의 뇌에 대한 데이터들을 모았고 뇌가 최고의 성능을 발휘하는 법을 비롯해 다양한 의문들을 해결하느라 바빴지. 우리 팀원들하고 실험을 아주 많이 해야 했어. 그러던 어느 날 동료와 점심을 먹으면서 우리가 진행하던 프로젝트 이야기를 나눴는데 그녀가 갑자기 그러는 거야. '단 며칠만이라도 내가 모은 데이터하고 분석 자료만 갖고 혼자 연구할 수 있다면 세상에서 제일 행복할 것 같아요!'라고 말이야.

나는 처음에는 이 사람이 나를 놀리나 싶었어. 하지만 표정을 보아하니 그게 정말 행복할 거라 생각하는 것 같았지. 나는 그녀가 일이 너무 많아서 정신이 약간 나간 게 아닐까 생각했어. 휴식이 며칠 주어진다면 나는 데이터는 쳐다도 보기 싫다 쪽이었거든. 그러다 금방 깨달았어. 문제가 있는 건 동료가 아니라 바로 나라는 것을 말이야. 적어도 동료는 일을 하면서 행복했어. 나는 전혀 그렇지 못했고.

그런데 더 나쁜 건 뭔지 알아? 동료가 그 말을 하기 전까지 내가 사람은 원래 자기 일을 좋아하지 않는다고 믿었다는 거야. '세상에 일을 좋아하는 사람이 어디 있어?'라고만 생각했지. 새로운 과학적 사실을 알게 되면 기뻤고 좋은 과학자가 되고 싶었지만, 많은 이론에 둘러싸여 있어도 항상 뭔가가 빠진 것 같았지. 그날 그 동료와 점심을 먹으면서 나는 깨달았어. 지금의 나 같은 과학자는 더 이상 되고 싶지 않다고 말이야. 그렇게 깨닫고 나니까 편해졌어. 뭔가 자유로웠고 당장이라도 새로운 길을 찾고 싶었지."

마리와 나는 생각에 잠겼다. 잠시 뒤 마리가 물었다.

"그렇다면 엄마는 그때 10년 세월을 모두 낭비한 거였어요?"

나는 웃음을 터트렸다.

"아니, 그건 아니란다. 나는 신경과학 분야에 열정이 있어. 단지 그 열정을 발휘하려고 매일 실내에서 연구만 하고 싶지는 않은 거야."

"고등학교 때 신경과학을 전공하고 싶은지는 어떻게 알았어요? 다른 과목도 많잖아요." 마리가 도전하듯 물었다.

"아, 그 이야기를 하려면 최소한 20년은 되돌아가야 할 것 같구나. 나는 어릴 때부터 호기심이 아주 많은 아이였지. 너도 알다시피 지금도 그렇지만 말이야." 나는 장난스럽게 눈을 찡긋했다.

"세상에 대해 알고 이해하는 게 그냥 아주 좋았단다. 행복했지. 고등학교 2학년이 되었을 때 앞으로 2년을 더 다녀야 대학에 갈 수 있다는 게 절망스러울 정도였어. 그때 집에 대학의 학과들을 소개하는 책자가 하나 있었는데 밤마다 그걸 보며 어떤 공부를 하면 좋을지 고민하고 또 고민했지."

"특히 어떤 과가 좋을 것 같았는데요?"

"정확하게 기억나지는 않지만, 의학, 법학, 미술에 관심이 있었어. 그런데 친구 하나가 그러는 거야. 대학 시험 볼 때까지 남은 2년을 1년으로 줄일 수 있다고 말이야. 그 친구는 그냥 해본 말이었겠지만 나는 이거다 싶었고 결국 그렇게 했지."

"조기 졸업이요? 말도 안 돼요!" 마리가 소리쳤다.

"그럼 공부할 게 너무 많잖아요?"

"생각만큼 그렇게 힘들지는 않았단다. 최대한 빨리 대학에 가고 싶다는 생각뿐이었으니까. 내가 또래들보다 똑똑해서가 아니라 의욕이 대단했던 거야. 무언가를 정말 간절히 원하면 힘이 나오게 되어 있단다. 나는 나 자신에게, 이를테면 날개를 달아준 거야. 그렇게 나는 열일곱 살에 루벤대학교에 입학했어. 곧 집을 떠나야 했고 말이야."

나는 내가 누구인지 뇌과학에서 답을 찾기로 했다

마리는 눈을 휘둥그렇게 뜨고는 나를 보며 말했다.

"열일곱이요? 바로 지금 제 나이잖아요! 그 나이에 독립한 건데 부모님 집이 그립진 않았어요?"

"물론 그리웠지." 얼굴을 간지럽히는 머리카락 한 올을 쓸어 넘기면서 내가 분명하게 말했다.

"지적으로 뭔가를 할 수 있는 사람이라고 해서 감정적으로도 그것을 할 수 있다는 뜻은 아니니까 말이야. 내가 살면서 거듭 배워야 했던 게 있다면 바로 감정적인 성장도 언제나 시간이 필요하다는 거란다. 머리로만 생각하며 그 시간을 주지 않는 건 절대 좋지 않지."

나는 잠시 옛날을 돌아보며 생각에 빠졌다. 그때 어머니 생각이 났다.

"네 외할머니는 그걸 잘 아셨던 것 같구나. 몇 번 나에게 그 말을 하려고 하셨으니까 말이야."

"잘 모르겠어요. 어떻게요?" 마리가 물었다.

"할머니는 말수가 적은 분이셨지. 나에게도 적극적으로 가르침을 주기보다 뒤에서 지켜보는 쪽이셨지. 그런데 내가 짐을 싸고 있던 그날 할머니가 이렇게 말하셨어. '줄리엣, 나는 네가 굉장한 잠재력이 있다는 걸 알고 있어. 네가 될 수 있는 최고 버전에 이르기 위해 그 잠재력을 이용해야 해. 그래야 인생에서 최고의 너로 살아갈 수 있어. 이걸 잊지 말기 바란다."

"왠지 할머니답지 않은 말씀인데요?" 마리는 긴 빨강 머리를 다시 뒤로 묶다가 웃으며 말했다. 산들바람에 잔머리가 빠져나와 자꾸만 마리의 얼굴을 가리던 터였다.

"나도 그렇게 생각한단다." 나도 웃으며 말했다.

"하지만 그때는 그 말에 대해 그다지 오래 생각하지는 않았어. 나는 십 대 소녀였고 부모가 하는 말이 특별히 흥미롭지는 않았거든. 그런데 나중에 보니 그 말이 내 인생에 정말 큰 영향을 주었더구나. 그래서 말인데 이제 네 질문으로 돌아와서 대답하자면 할머니의 그 말씀이 엄마한테는 진짜 내가 누구인지 알아내는 데 정말 큰 도움이 되었단다."

나 역시 불어오는 바람에 흘러내리는 머리카락을 또 다시 쓸어올렸다. 아일랜드 날씨는 폭풍우가 몰아치거나 비가 쏟아지거나 둘 중 하나라고들 말한다. 나는 우리가 걷는 동안에는 비가 오지 않기를 바랐다.

"첫 수업에서부터 나는 신경과학이 얼마나 흥미로운 분야인지 다시금 확인했단다. 교수님이 뇌의 신경세포인 뉴런의 기능에 관해서 설명하셨는데 뉴런들이 만들어내는 그 자연의 미학이랄까, 그것이 너무 매혹적이어서 보는 내내 정말 행복했단다. 그래서 나는 바로 신경과학자가 되기로 결심했지. 그러고 나서 얼마 있다가 할머니가 해주신 그 말씀이 다시 떠올랐어."

엄마의 말이 진로에 영향을 주었다는 생각 때문이었는지, 그즈음부터 막연히 나는 이 다음에 어떤 엄마가 되어 있을까를 상상했다. 나는 미소를 지으며 내 딸을 바라본다. 첫아이인 마리는 나에게 부모가 경험할 수 있는 본능적인 사랑이 무엇인지 알게 해주었다. 나는 늘 한 인간을 어떻게 이렇게 한계 없이 강렬하게 사랑할 수 있는지 자문하곤 했다. 어릴 때부터 마리는 인생에 대해 궁금한 게 참 많은 아이였고 그 덕분인지 정서가 풍부한 아이로 자라주었다.

우리는 가문비나무 숲을 걸었다. 주변이 온통 양치류 식물들로 빽빽했다. 신발 아래 돌들이 밟히는 소리 말고는 사방이 고요했다. 발을 맞추어 걷는 것 같은 우리 모습이 재밌었다. 그리고 자연과 하나가 된 것 같았다. 평화롭고 행복한 기분을 온몸으로 만끽했다.

"그러니까 최고 버전의 엄마가 되라는 그 말씀 말이에요?" 마리가 명상적인 분위기를 깨며 물었다.

"그래 바로 그 말씀 말이다. 나는 잠재력을 최대한 이용해 '최고 버전의 내가 되라'는 말이 무슨 뜻인지 생각했어. 그리고 더 구체적으로 자문해 봤지. '우리 뇌는 어떻게 하면 그 잠재력을 최대한 이용해 가능한 최고의 능력을 발휘하며 살 수 있을까?'라고 말이야."

"그래서 그 답을 찾았나요?" 마리가 당차게 물었다.

"나는 과학에서 답을 찾기로 했고 그게 아주 멋진 여행의 시작이 되었지. 나는 그 여행에서 과학자로서는 물론이고 개인적으로도 잠재력을 발휘해 진정한 자신의 능력을 계발하는 것이 무슨 뜻인지에 대해 많은 것을 깨달았지. 그리고 그러는 동안 최고 버전의 내가 되는 법도 배웠지."

마리는 말이 없었다. 내 말을 이해하려고 애쓰는 것 같았다. 마리도 이제 막 대학입학 자격시험을 보았으니 새로운 땅에서 인생의 새 장을 시작하려는 참이다. 이번에 위클로 길을 걸으면서 마리는 아일랜드인으로서 그 뿌리를 느껴보고 진짜 자신을 더 잘 알아가게 될 것이다.

"제 생각에 엄마는 늘 엄마의 최고 버전이기만 한 건 아닌 것 같은데요?" 마리가 의심쩍다는 듯 이맛살을 찌푸리며 말했다.

나는 마리의 옆구리를 툭 치며 말했다.

"물론 당연히 아니지. 늘 최고 버전의 나로 사는 건 아니야! 나는 이 여행이 절대 끝나지 않는다고 생각한단다. 이 여행은 내 뇌가 작동하는 방식과 내가 정말 어떤 사람이 되고 싶은지에 대한 흥미로운 점들을 드러내 보여주지. 그래서 이 여행은 내가 인생에서 크고 작은 결정을 내려야 할 때마다 나를 도와주었고 지금도 돕고 있어."

우리는 어느덧 숲의 끝에 닿았다. 열심히 걸어왔음을 보상이라도 해주듯 눈앞에 멋진 장관이 펼쳐졌다. 지평선 끝까지 초록의 히스 들판이었다. 연보랏빛이 군데군데 물결을 이루었다. 만개한 히스꽃들이었다. 나는 옆에 있는 마리를 보며 이 순간 이 자리에 이렇게 마리와 함께 있음에 마음 깊이 감사했다.

엄마가 되는 것은 내 인생에서 더할 나위 없이 소중한 선물이었고 동시에 가장 무거운 과제이기도 했다. 지금 나는, 나와 함께 걸으며 자기 인생의 질문들을 나눠주는 이 어린 존재에게 한없는 사랑과 고마움을 느낀다.

마리가 어렸을 때 나는 늘 밤에 책을 읽어준 다음 잘 자라고 하곤 했다. 한번은 이제 잘 시간이라고 말했더니 마리가 그 큰 파란 눈을 진지하게 뜨며 '엄마는 자기 인생에 명령하는 사람이 아니라 인생의 동행자여야 한다'고 말했다. 작은 소녀의 입에서 나왔다고 하기에는 너무나도 지혜로운 말이었다. 그때도 이미 알았지만 이제는 정말 딸이 내 인생의 동행자임을 실감할 수 있었다. 나는 딸을 양팔로 껴안고 얼굴에 뽀뽀했다.

"연구에 몰두했던 그 10년은 절대 시간 낭비가 아니었단다." 나는 다시 확신했다.

"그 시간 동안 뇌가 작동하는 법을 배웠으니까 말이야. 그것이 나 자신과 다른 사람들을 받아들이는 데 큰 도움이 됐어. 그리고 더 중요한 건 이거였어. 그 시절에 비로소 나는 내가 누구인지 알게 되었거든."

"그게 나를 찾아가는 나의 여행에도 도움이 될까요?" 마리는 알고 싶어 했다.

"나는 나의 여행에서 배운 것만을 설명할 수 있어. 하지만 그게 네가 너의 길을 찾는 데도 도움이 될 수는 있겠지." 내가 대답했다.

"저를 행복하게 하는 길이요?"

"그래, 너를 충만하게 하는 길. 달리 말하면 네가 누구인지 알게 하고 어떻게 살고 싶은지 알게 하는 길 말이야."

우리는 말없이 언덕길을 올랐다. 오르막길이 가파른 탓에 나는 헐떡거렸고 걸음이 느려졌지만 어느덧 봉우리에 다다라 있었다. 숲을 벗어나니 걷기 시작하고 처음으로 위클로 산맥이 시야에 가득 들어왔다. 숨이 막히는 광경이었다! 허파에 신선한 공기가 꽉 차오르고 끝이 보이지 않는 푸른 산의 물결에 가슴이 터질 듯했다. 순간 신성한 기운이 온몸에 쫙 퍼져나갔다.

꼬리에 꼬리를 물고 떠오르는 생각은 어디서 오는 걸까

지도를 슬쩍 보니 계곡 건너편에 있는 카라웨이스틱 폭포에 곧 다다를 것 같았다. 눈을 감자 멀리서 폭포 소리가 들려오는 듯했다. 하지만 그건 내가 그렇게 생각해서였을 것이다.

"여기 정말 평화로워요." 마리가 말했다. 마리는 온 세상을 껴안으려는 듯 양팔을 펼쳤다.

"이렇게 아무도 없는 자연 속을 걸으면 마치 시간이 멈춘 것 같아요."

지금까지 길 위에는 우리 둘뿐이었다.

"그렇구나. 여기 정말 고즈넉하구나." 침묵의 소리를 음미하며 내가 말했다.

생각해 보면 예전의 나는 고요와 평화가 그리울 때 늘 자연으로 향하곤 했다. 달갑지 않은 생각과 걱정들을 떠나보내려면 조용한 곳으로 가야 한다고 생각했다. 바깥세상이 아니라 내 마음속이 고요해야 한다는 것을 그때는 알지 못했다. 고요한 세상에 있어도 마음이 시끄러울 수 있다. 그리고 시끄러운 세상에 있어도 마음이 평화로울 수 있다.

"아까 말없이 걸어갈 때 네 마음속도 조용했니?" 내가 물었다.

"제 머릿속이 조용했냐고요?" 마리가 눈을 가늘게 뜨며 물었다. 나는 고개를 끄덕였다.

"잘 모르겠어요. 머릿속을 집중해서 들여다보지는 않았거든요." 마리가 어깨를 으쓱하며 말했다.

"그래도 분명 조용하지는 않았어요. 사실 언제 머릿속이 조용한 적이 있었나 싶어요. 맨날 생각하기 바쁜 것 같아요."

"특별히 생각했던 거라도 있니?"

"음…… 오늘 아침에 먹은 걸 생각했어요. 아일랜드식으로 굉장히 푸짐했잖아요." 마리가 웃으며 말했다.

정말 딱 그랬다.

어제 숙소에 도착한 뒤 둘 다 아주 피곤해서 뭘 먹을 생각도 못 하고 곧장 곯아떨어졌다. 그러고 나니 오늘 아침에 배가 굉장히 고파서 아일랜드식 아침 정식을 시켰는데 얇게 저민 베이컨, 스크램블드에그, 소시지, 콩 그리고 토스트가 나왔다.

"네 머릿속이 조용했냐고 물은 건 이 제멋대로인 것처럼 보이는 생각들이 어디서 오는지 가르쳐주려고 그런 거야." 나는 계곡 쪽을 보면서 말했다.

"네가 누구인지 알고 싶으면 먼저 네 생각을 보는 게 도움이 될 거야. 우리 뇌는 끊임없이 엄청나게 많은 생각을 하지. 우리 머릿속에는 말하기를 멈추지 않는 작은 목소리가 하나 있단다." 내가 마리를 보며 말했다.

"그 목소리가 조금 전 너에게 오늘 아침이 굉장히 푸짐했었다고 말한 거고. 나는 요즘 읽고 있는 책에 대해 생각했지. 그리고 내 목소리는 지금 나에게 길을 잃지 않으려면 지도를 자주 보라고 말하고 있단다."

"그 목소리는 흥분해서 혼자 쫑알대는 원숭이처럼 멈추지를 않는 것 같네요." 마리가 장난스럽게 말했다.

나는 미소를 짓지 않을 수 없었다.

"원숭이라니, 그거 아주 좋은 비유구나. 우리 머릿속에서 끊임없이 수다를 떠는 이 녀석한테 딱 좋은 이름이야. 그래, 우리 머릿속에는 원숭이가 한 마리 살고 있지. 우리가 무엇을 생각하고 느끼고 또 해야 하는지 계속 말해주는 원숭이!"

"그 목소리는 어디서 오는 거예요?"

"우리 머리는 절대 쉬는 법이 없단다. 그래서 우리도 머릿속이 진짜 고요한 적이 한 번도 없다고 느끼는 거고." 나는 집게손가락으로 이마를 톡톡 치며 말했다.

"그 비유를 계속 이용하자면, 원숭이는 말을 멈추지 않지. 오랫동안 신경과학자들은 우리 뇌가 예를 들어 수학 문제를 풀거나 복잡한 문제를 해결할 때처럼 정보를 처리하고 조작해야 할 때, 그러니까 정신적인 문제를 해결해야 할 때만 활발하게 움직인다고 믿었지."

"수학 문제를 풀 때는 정말 뇌세포를 많이 써야 해요." 마리가 확실히 그렇다는 듯이 말했다.

"그런데 정보를 조작한다니 그건 무슨 말이에요?" 마리는 더 알고 싶어 했다.

"이번에도 예를 들어서 설명해 볼게." 나는 잠시 생각했다.

"수수께끼를 하나 낼게, 너 어릴 때 수수께끼 정말 좋아했잖니. 강가에 두 사람이 서 있어. 둘 다 강을 건너고 싶어. 그런데 배는 한 사람만 태울 수 있단다. 그런데도 둘 다 강을 건넜어. 어떻게 건넜을까?"

마리가 주변을 둘러보더니 길옆에 있던 나무 그루터기를 하나 찾아 그 위에 앉았다. 그러고는 빠져나온 머리카락을 다시 묶었다.

"한 사람이 다른 사람의 무릎 위에 앉아서 건너면 안 돼요?"

"아니, 그럼 배가 가라앉겠지."

"그럼 배가 두 개 있는 거 아니에요?"

"오호, 잘하는데? 하지만 배는 하나뿐이란다." 내가 말했다.

"다른 힌트 줄까?"

"아뇨!" 마리가 재빨리 말했다.

"어렵더라도 제힘으로 풀겠어요."

"그래 맞아 어려워! 그런데 나는 이 수수께끼로 우리

뇌가 정보를 조작하는 법을 보여주려는 거야. 내가 너에게 몇 가지 조각 정보들을 던져주었고 너의 뇌는 그것들을 처리했어. 두 명의 남자를 머릿속으로 그렸고 강물도, 한 사람만 태울 수 있는 배도 그렸어. 그다음 너는 수수께끼를 풀고 싶어서 내가 너에게 준 그 정보들을 조작했어. 다른 시나리오를 생각해 본 거지. 정답을 찾으려고 말이야."

"아! 이해했어요. 배가 하나가 아니라 두 개일 수도 있다고 생각한 거요? 그리고 한 사람이 다른 사람의 무릎에 앉을 수도 있다고 생각한 것도요." 마리가 똑똑하게 말했다.

"그래 바로 그거야. 너는 내가 말하지 않은 정보들을 조작했어. 아까 말했듯이 과학자들은 오랫동안 우리 뇌가 어려운 과제를 해결해야 할 때만 작동에 들어간다고 믿었지. 나머지 시간에는 편하게 쉰다고 생각했어."

"소파에 늘어져 있을 때처럼요?"

"그래, 소파에 늘어져 있을 때처럼. 혹은 정원 일을 할 때처럼. 하여튼 머리를 쓸 필요가 없는 일상적인 일을 할 때는 우리 뇌가 쉰다고 생각했지."

나는 계속 가자는 몸짓을 하고는 손을 뻗어 그루터기에 앉아있는 마리를 일으켰다.

"그런데 과학자들은 약 백 년 전에 우리 뇌가 사실은 절대 쉬지 않으며 어려운 과제를 해결하지 않을 때도 활발하게 움직인다는 것을 발견해 냈지. 뇌의 어떤 부분은 심지어 우리가 쉬고 있을 때 더 활발해진단다. 신경과학자들은 이것을 '즉흥 활동spontaneous activation'이라고 부르지. 말 그대로 우리 뇌는 즉흥적이고 자동적이란다."

"즉흥 활동!" 마리가 천천히 음미하듯 내 말을 따라 했다. 의미를 더 분명히 하려는 듯.

"정말 그러네요!" 마리가 확신에 차서 말했다.

"머릿속 생각들은 제멋대로 즉흥적으로 왔다가 즉흥적으로 사라지는 것 같아요."

똑같은 농담에도 웃거나 불쾌해하거나, 반응이 제각각인 이유

우리는 좁다란 돌길을 걸으며 언덕을 내려갔다. 양옆

으로는 보랏빛 히스 풀들로 빽빽했고 그 길 끝이 뮬라코어 산기슭으로 이어졌다.

"이 정신없는 생각 때문에 제가 아까 굉장히 푸짐한 아침 식사를 떠올린 거였네요. 그렇죠?"

"그래, 그렇단다! 그런 생각을 '우리 머릿속의 원숭이'라고 하면 어떻겠니? 이 비유가 썩 마음에 드는걸."

나는 사랑을 가득 담은 눈으로 옆에서 걷고 있는 마리를 보았다.

"너는 그 원숭이에게 말 좀 그만하라고 말하고 싶니?"

"꼭 그렇지는 않아요." 마리는 신중하게 대답했다.

"여기서 지금 우리가 이렇게 나란히 걷는 동안 제 머릿속 원숭이가 재미있는 이야기도 해주거든요. 제가 생각하려고 하지도 않는데 말이에요. 그런데 이 원숭이는 대체 왜 이렇게 매일 떠들어대는 거예요? 저는 왜 오늘 아침 식사에 대해 생각했을까요? 이 아름다운 자연 속에서 말이에요?"

마리는 발 앞의 돌 몇 개를 옆으로 차내며 말했다.

"아침 식사는 지금 여기와 전혀 상관이 없잖아요?"

"우리가 지금 하는 일에 의식적으로 주의를 기울인다

고 해도, 그러니까 지금 우리의 경우로 말하자면 걷기에 주의를 기울인다고 해도 우리는 금방 딴생각이 들지. 우리 머릿속 원숭이가 또 시끄럽게 떠들기 시작하니까 말이야. 우리 뇌가 생산하는 생각, 그 첫 번째 종류는 바로 우리 자신과 우리가 한 경험에 대한 정보란다. 예를 들어 오늘 먹은 아일랜드식 아침 같은 것 말이야."

"정확하게 말하면 굉장히 푸짐했던 아일랜드식 아침이요." 마리가 장난치듯 내 말을 정정했다.

나는 씩 웃으며 말했다.

"네가 지금 '푸짐했던'이라고 말한 것은 사실 우리 뇌가 생산하는 생각, 그 두 번째 종류에 해당한단다. 너는 아침을 먹었다는 것을 기억하는 데 그치지 않고 그 정보에다 개인적인 의미까지 덧붙였지. 그 아침을 '푸짐한 아침'으로 해석했어. 아침을 든든히 챙겨 먹는 사람이라면 오히려 '양이 적다'고 하거나 '그냥 보통의' 아침이라고 할 수도 있었을 테니 말이야."

"네, 그러고 보니 그렇게 말할 것 같은 사람 몇 명이 확실히 떠오르네요." 마리가 재밌다는 듯 덧붙였다.

"그건 그 사람들의 뇌가 너와 다르기 때문이지." 내가 계속 설명했다.

"원숭이는 우리에게 정보를 주고 동시에 그 정보에 대한 우리의 개인적인 해석도 배달하지. 어떤 사람이 농담을 하면 나는 그 농담을 너와는 다르게 이해할 수도 있겠지."

"저는 웃긴다고 생각하는데 엄마는 멍청하다고 생각하는 것처럼요?" 마리가 덧붙였다.

"그래, 맞아. 아니면 나는 심지어 모욕적이라고 생각할 수도 있겠지. 농담은 사람에 따라 아주 다양하게 해석될 수 있단다. 각자의 생각 네트워크가 어떻게 만들어져 있느냐에 따라서 말이야." 나는 계속 설명했다.

"그러니까 네 원숭이는 너에 대한 정보와 너의 경험에 대한 정보와 네가 경험을 해석하는 방식에 대한 정보를 모두 갖고 있는 셈이야. 그리고 네가 경험을 해석하는 방식 때문에 그 경험이 너만의 개인적인 경험이 되는 거란다."

마리가 구름 사이로 잠깐 비치는 햇살에 눈을 찡그렸다. 나는 배낭을 뒤져 물병을 꺼내 마리에게 건넸다.

"그리고 경험에 대한 그 개인적인 해석이 느낌을 불

러일으킨단다. 예를 들어 네 원숭이가 그 농담을 '웃기다'고 해석하면 너는 웃어야 하고 기분도 좋아지지. 반면 나는 당황하거나 심지어 상처받을 수도 있지. 둘 다 같은 정보를 받았는데도 제가끔 자기만의 방식으로 이해하고 그에 맞는 감정을 일으키는 거야."

마리는 물을 꿀떡꿀떡 삼키고는 물병을 돌려주었다. 그리고 아무 말 없이 계속 걸었다.

머릿속 원숭이가 읊어대는 믿음 문장들

"아! 보세요. 엄마." 마리가 소리쳤다.

"양들이 아주 많아요!"

멀리서 양들이 보이자 내 원숭이가 번개 같은 속도로 흥분하기 시작하며 아일랜드에 처음 왔던 때를 회상했다. 나는 차를 한 대 빌려서 아일랜드의 발꿈치(사람의 발처럼 생긴 아일랜드 지형에 빗댄 말—옮긴이)로 내달린 다음 서쪽으로 향했다. 파도치는 대서양을 따라 걷기 위해서였다. 좌측 운전에 적응하느라 애를 먹은 기억이 있다. 그때도 양들이 옹기종기 길을 막고 서 있었다. 아일랜드에는 인적이 드문 곳이 많아서 동물들이 마음껏 활보하는 모습을 자주 볼 수 있다. 언제나 마음이 따뜻해지는 광경이다. 참고로 말하자면 나는 좋았던 추억에 빠져 생각하기를 즐긴다. 감정이 결국 생각에 강하게 좌우되는 걸 잘 알기 때문이다.

불현듯 마리가 겪은 조금 특별한 상황이 하나 떠올랐다. 나는 마리를 보고 말했다.

"마리야, 몇 달 전에 너 800미터 달리기 대회에 나간 거 기억나니? 그때 어땠어?"

"흠, 그때 1등으로 들어와서 뿌듯했어요. 근데 뛰기 전엔 정말 긴장했어요."

"왜 그렇게 긴장했던 것 같니?"

"음, 중요한 달리기였고 많은 사람이 볼 거란 걸 알았으니까요. 하지만 연습을 많이 했고 준비가 되었다는 것도 알았어요. 그걸 아니까 긴장을 풀고 집중할 수 있었어요."

"엄마 눈에도 네가 긴장한 게 보였단다." 내가 확인해 주었다.

"그리고 네가 달리기 직전에 심호흡하면서 집중하는 것도 봤지. 그럼 이제 이렇게 생각해 보자. 달리기 전에 체육 선생님이 너한테 1등으로 들어올 가능성이 전혀 없다고 했다면 어땠을까? 그럼 결과가 달라졌을까?" 나는 도발하듯 물었다.

"그럼 1등으로 들어오진 못했을 것 같은데요?" 마리는 주저 없이 대답했다.

"그런 말을 들었다면 그 즉시 저를 믿지 못했을 것 같아요."

"그 말은 너의 실력과 힘들었던 훈련이 아무 소용이 없다는 말이니?" 내가 확인차 물었다.

마리는 잠깐 생각하더니 대답했다.

"아니, 그건 아니에요. 당연히 아니죠. 그런 말을 들었다고 해서 제 실력이 사라지는 건 아니니까요." 마리가 확신했다.

"네 말이 맞아. 네 실력은 네 실력이야. 아무도 그걸 빼앗을 수 없어. 그렇게 네 실력을 믿는다면 너는 이미 반은 이긴 거야. 그러니까 너의 실력에 대한 네 생각이 네 성적에 영향을 줄 수 있지. 너의 생각은 최고 버전의 네가 되는 데 필요한 너의 잠재력을 억누를 수도 있고 펼쳐 보일 수도 있어. 이 문제에 대해서는 나중에 다시 살펴보자."

이렇게 말하고 나는 걷는 속도를 조금 늦췄고 마리도 속도를 줄이며 나와 보조를 맞췄다.

"여기서 내가 하나 분명히 해두고 싶은 게 있단다. 그건 바로 우리 생각과 믿음이 우리 감정을 결정한다는 거야. 생각과 믿음은 주로 문장의 형태로 나타나니까 '믿음 문장'이라고도 하지."

나는 마리의 표정을 살피며 다시 말을 시작했다.

"네가 만약 수학을 못한다고 생각하면 수학 공부가 싫어지고 그럼 성적도 나빠지지. 네 생각이 부정적인 감정을 유발할 때 우리 뇌는 에너지를 많이 잃게 된단다. 이것이 또 실제 너의 성적에 영향을 주게 되지."

내가 좀 더 구체적으로 설명했다.

"자신이 무엇에 대해서든 잘하지 못한다고 믿으며 크는 아이들이 많아. 예를 들어 집에서 어른들이 자연과학은 정말 똑똑한 학생들이나 하는 거라고 말하는 소리를 자주 듣고 자랐다면 어떻겠니? 아니면 자연과학은 남자

아이들이 하는 거라는 소리를 자주 듣고 자란 여자아이라면 어떨까?"

"사실이 그렇지 않아요?" 마리가 불쑥 말했다.

"훌륭한 발견을 한 과학자들은 대개 남자들이잖아요? 아닌가요?"

"누가 그런지 말해볼래?"

마리는 잠깐 생각하더니 말했다.

"아인슈타인, 다윈, 뉴턴만 봐도 그렇잖아요. 아, 그리고 테슬라도 있고요."

"맞아. 하지만 훌륭한 여성 과학자들도 있어. 마리 퀴리도 있잖니." 내가 말했다.

"네, 맞아요! 마리 퀴리도 노벨상을 받았지요?"

"그래, 20세기 초에 방사성물질인 라듐을 발견한 공로로 노벨 화학상을 받았지. 하지만 선구적인 연구로 다른 저명한 상도 많이 받았어. 그리고 도로시 호지킨(24세에 인슐린 연구를 시작해 35년 만에 인슐린의 3차원 입체 구조를 밝혀냄—옮긴이)도 뛰어난 여성 과학자로 노벨 화학상을 받았지."

"하지만 여자들보다 남자들 중에 유명한 과학자들이

더 많은 것 같아요." 마리가 이의를 제기했다.

"그 말도 맞구나. 과거로 갈수록 여자 과학자들은 좀처럼 찾아보기 힘들지. 과거에는 남자아이들이나 교육을 받을 수 있었으니까. 여자아이들은 집에서 가족을 돌보고 집안일을 해야 했지."

"너무 불평등했어요!" 마리가 소리쳤다.

"너는 지금 불평등하다고 말하지만, 옛날 사람들은 원래 그런 거라고 생각했지. 여자보다 남자가 고등교육을 훨씬 더 많이 받았고 그러니 우리가 지금 여자보다 남자 과학자를 더 많이 아는 것도 당연하지. 바로 그래서 우리 뇌는 '여자'와 '자연과학'이 아니라 '남자'와 '자연과학'이 더 잘 어울린다고 여기는 거고." 내가 설명했다.

"그런 식으로 믿음 문장들이 생겨나고 원숭이가 자연과학은 여자보다 남자에게 맞다고 말하는 거고요." 마리가 덧붙였다.

"그렇단다. 믿음 문장이 의식적, 무의식적으로 우리 행동을 조종할 수 있단다. 실제로 자연과학의 재능은 여자아이나 남자아이나 똑같이 갖고 있지. 이걸 의식하지 않으면 우리 믿음 문장들이 우리의 결정을 좌우하고 따라서 우리 인생도 좌우하겠지."

마리가 갑자기 빨리 걷기 시작했고 나는 서둘러 보조를 맞춰야 했다.

"자연과학은 남자아이들이 더 잘한다고 믿는 여자아이라면 자연과학을 열심히 배우고 싶지 않을 가능성이 크겠지." 맞바람이 갑자기 세차졌으므로 나는 조금 큰 소리로 말했다.

"대체로 그런 일은 무의식적으로 이루어져. 그 결과 잠재력이 발휘할 틈도 없이 사라지게 되지. 역사적으로 똑같은 교육의 기회를 누렸더라면 여자들도 똑같이 자연과학을 연구했을 거야. 이 점에 관해서라면 나는 확신할 수 있단다." 내가 강한 어조로 말했다.

"이제 우리의 믿음 문장과 생각이 우리 인생과 미래에 얼마나 중요한 역할을 하는지 보이지? 대개 우리가 알아차리지도 못한 채 그렇게 된단다."

마리는 조용히 고개를 끄덕였다.

"하지만 좋은 소식도 있어. 우리 생각과 믿음 문장을 우리 스스로 바꿀 수 있거든."

나는 마리의 팔짱을 끼면서 말했다.

"먼저 생각이 어떻게 이루어지는지 의식해야 해. 그래야 생각을 재구성할 수 있으니까. 우리가 바깥세상을 해석하고 있다는 게 사실이라면 그 세상에 지금까지와는 다른 의미를 의식적으로 부여할 수도 있지. 사실 우리는 저 바깥세상에서 실제로 일어나고 있는 일을 보는 것이 아니라 우리 머릿속에서 공연되고 있는 것을 보는 거니까 말이야. 이 말은 우리의 생각과 감정이 작동하는 방식에 긍정적인 영향을 줘서 우리 인생의 질도 높일 수 있다는 뜻이지."

"이제 좀 쉬면서 뭐 좀 먹고 지도도 보자꾸나." 내가 제안했다.

신경가소성,
뇌는 죽을 때까지 계속 변한다

우리는 작은 바위 위에 걸터앉았다. 차츰 구름이 걷히고 해가 났으며 아마도 금방 또 불어오겠지만 바람도 잦아들었다. 그리고 아주 딱 맞게 따뜻했다. 우리는 간식으로 싸 온 치즈샌드위치를 맛있게 먹었다.

잠시 후 마리가 말했다.

"그거 아세요, 엄마? 제 원숭이는 진짜 잠시도 쉬지 않고 저에게 말을 걸어요. 몰랐는데 지금 보니까 그래요. 지금도 좀 쉬고 싶어서 눈을 감았는데도 멈추지를 않네요. 이 녀석을 한 번도 조용하게 만든 적이 없는 것 같아요."

나는 고개를 끄덕였다.

"그렇겠지. 생각은 그물망 같아서 계속 다른 생각으로 이어지지. 아주 활발하고 끈질긴 그물망이란다. 하지만 원숭이를 침묵하게 할 수도 있고 우리가 듣고 싶은 것을 말하게 할 수도 있지. 이 점에 대해서는 나중에 알아보자꾸나. 지금은 생각이 아주 강력하다는 걸 의식하는 것만으로도 아주 훌륭해. 실제로 생각은 운명을 결정할 정도로 강력하단다. 인도의 독립을 이끌었던 마하트마 간디도 이렇게 말했지."

생각을 살펴라.

생각이 말이 될 테니.

말을 살펴라.

말이 행동이 될 테니.

행동을 살펴라.

행동이 습관이 될 테니.

습관을 살펴라.

습관이 성격이 될 테니.

성격을 살펴라.

성격이 운명이 될 테니.

다시 걸을 준비를 하면서 나는 간디의 말을 되새겼다. 처음 이 간디의 말을 읽었을 때 나는 자유를 느꼈고 동시에 책임감도 느꼈다. 내 삶이 운명에 내맡겨진 것이 아니라 내 생각으로 운명을 만들어갈 수 있음을 마침내 깨달았기 때문이다. 내 뇌가 끊임없이 생각을 만드는 것을 막지는 못하겠지만 그 생각들에 어떻게 반응할지는 내가 의식적으로 선택할 수 있다. 나는 몇 번 심호흡을 했고 간디의 말이 내 속에서 얼마나 강력한 힘을 발휘했는지 다시금 깨달았다.

"괜찮아요?" 딸이 활짝 웃으며 물었다. 고르고 아름다운 치아가 드러났다.

"그럼 괜찮고말고. 아주 좋아!" 나도 활짝 웃었다. 우리는 기쁜 마음으로 계속 걷기 시작했다.

"우리 뇌는 우리 자신만이 아니라 다른 사람에 관한 생각과 의견도 만들어 내지." 잠시 후 내가 말했다.

"네가 800미터 달리기 시합을 할 때 내가 무슨 생각을 했는지 혹은 어떤 감정이었는지 아니?" 내가 물었다.

"제가 1등으로 들어왔을 때 자랑스럽게 생각하셨다는 건 알아요. 그전에는 아마도 제가 이길 거라고 생각하셨겠죠."

"그걸 어떻게 알아?"

"몰라요. 그냥 그렇게 짐작했을 뿐이에요. 내 엄마니까 엄마는 그렇게 생각했을 것 같아요."

딸의 대답에 마음이 흐뭇해서 나는 한 팔로 딸의 어깨를 쓰다듬었다.

"그건 우리 뇌가 생산해 내는 두 번째 종류의 생각이란다. 다른 사람에 대한 생각과 느낌, 그러니까 다른 사람에 대한 정보라고 할 수 있지. 대학에서 수업할 때 나는 이맛살을 찡그리는 학생들을 봐. 그럼 내 원숭이는 저 학생이 이해를 못 하나 혹은 흥미를 잃었나 생각하며 그 행동을 해석하지. 수업 주제에 집중하고 있어서 그런 거라고 해석할 수도 있는데 내 원숭이는 그 학생이 흥미를 잃었다고 말해. 그럼 나는 불안해져. 그때 내 원숭이가 그 학생이 수업 내용에 집중해서 그런 거라고 말해주면 나는 다시 기분이 좋아지지.

다른 사람에 관한 생각과 다른 사람의 감정에 대한 우리의 생각이 우리의 감정에 영향을 줘. 그리고 그것이 또 그 감정에 따른 행동을 하게 만들지. 그래서 나는 학생들의 반응으로 불안해질 때 주제를 바꾸려 하거나 잠시 쉬자고 하지. 물론 의욕이 충만하면 또 다른 실천 과제를 진행하기도 하지. 놀라운 것은 내 감정과 행동에 사람들이 실제로 생각하고 느끼는 것은 중요하지 않다는 거야. 나는 그냥 내 원숭이가 하는 말에 따라서 다음에 할 일을 결정하지."

"원숭이가 저에게 하는 말을 제가 스스로 결정할 수는 없는 거예요?" 마리는 원숭이 때문에 약간 짜증이 난다는 듯 물었다.

"사람은 누구나 자기만의 성격을 타고나지. 그 성격

이 우리가 무엇을 경험할지 결정하는 측면이 커. 사회적 접촉에 강한 욕구를 타고난 사람이라면 다른 사람과 시간을 보낼 때 깊은 만족감을 느끼지. 그런 만족감 때문에 또 더 사람들을 만나 교감하려고 하고 말이야. 긍정적인 느낌을 주는 것을 우리는 반복하고 싶어 해." 내가 설명했다.

"하지만 사람은 누구나 다른 사람과 교감하고 싶어 하지 않아요?" 마리가 적절한 질문을 했다.

"그렇겠지. 사람은 누구나 사랑받고 싶고 다른 사람과 함께 시간을 보내고 싶지. 이건 인간의 기본 욕구 같은 거야. 하지만 사람마다 그 정도가 다르고 따라서 그 욕구가 우리의 생각과 경험에 영향을 주는 정도도 다 다르겠지. 다른 사람과 많은 시간을 갖고 싶다면 우리는 우리 원숭이가 끊임없이 수다를 떨 수 있는 상황을 찾아다니겠지. 머릿속에 원숭이가 있다는 걸 모를 때도 말이야. 그다음 그런 상황들이 특정 경험들을 일으킬 테고 그 경험들이 다시 우리 뇌 속 네트워크가 될 거야. 어떤 상황이 자주 거듭될수록 그 상황은 우리 뇌 속에 더 강한 네트워크로 박히게 되어 있어. 그럼 그 상황은 더 강한 힘으로 네 행동을 명령하게 되지.”

마리가 잠깐 멈추더니 배낭에서 사과를 하나 꺼냈다.

“제대로 이해하고 있는지 잘 모르겠어요. 우리 뇌가 계속 변한다는 뜻이에요?”

“그래, 맞아. 뇌는 실제로 늘 변한단다. 그걸 우리는 신경가소성이라고 하지. 오랫동안 우리는 성인이 되면 뇌가 더 이상 변하지 않는다고 생각했어. 하지만 새로운 연구에 따르면 뇌는 성인이 된 후에도, 심지어 100세까지도 변한단다.”

마리는 사과를 한 입 베어 물면서 믿을 수 없다는 듯 머리를 절레절레 흔들었다.

“아흔 살에 중국어를 배운 사람의 이야기를 들은 적도 있어!”

“중국 사람이었겠죠!” 마리가 농담했다.

나는 웃으며 말했다.

“그 사람이 어느 나라 사람인진 모르겠지만 중국 사람은 절대 아니었단다. 중국 여자와 사랑에 빠졌기 때문에 그녀의 모국어를 배우겠다는 열망이 컸던 거 같아.”

나는 잠시 걷기를 멈추었다.

단 한 번의 경험이 평생을 좌우하는 배움이 되기도 한다

나는 허공에다 대고 손으로 상상의 모형도를 그리고 싶었다. 그림으로 설명하면 마리가 더 잘 이해할 것 같았다. 하지만 지금은 내가 잘 아는 뇌에 대한 이야기를 내 아이에게 말로나마 알려줄 수 있으니 다행이었다.

"잠깐 우리 뇌가 어떻게 생겼는지 알아보자."

호기심이 가득한 마리의 얼굴에 잠깐 웃음이 났다가 얼른 말을 이었다.

"우리 뇌는 기본적으로 뇌세포, 즉 뉴런으로 이루어져 있어. 뉴런은 긴 꼬리를 갖고 있는데 그 꼬리가 다른 뉴런과 만나서 서로 연결될 수 있어. 모든 뉴런은 1만 개까지 다른 뉴런을 만나 연결될 수 있어. 뇌가 대략 1억 개의 뉴런으로 구성되어 있다면 얼마나 많은 연결이 있을지 상상도 하기 힘들어. 뉴런들은 서로 결합하면서 아주 복잡하고 촘촘한 네트워크를 이루지."

나는 내 학생들에게 보여주는 시청각 자료가 바로 눈앞에 보이는 듯했다.

"내가 하고 싶은 말은 우리가 그 연결에 영향을 줄 수 있다는 거야. 그게 바로 방금 말한 신경가소성이라는 거고. 예를 들어 우리는 그 연결을 더 강하게 할 수 있고 약하게 할 수도 있어. 네가 중국어를 배운다고 해보자. 처음에는 중국어 글자를 봐도 그게 무슨 뜻인지 전혀 모르지. 중국어 글자들이 네 머릿속 복잡한 뉴런 네트워크 속에서 네가 아는 단어나 그림과 연결되어 있지 않으니까. 그런데 예를 들어 네가 '출구'라는 뜻의 중국어 글자를 배웠어. 자세히 보니 그 글자가 실제로 정말 출구처럼 보여. 너는 그 글자와 뜻을 연결하려고 노력하지. 충분히 오랫동안 그렇게 자꾸 연결하다 보면 연결이 그만큼 강해지고 이제는 그 글자를 보자마자 그 뜻을 제대로 알게 되지."

"아하, 수학 공식도 그렇게 외웠던 것 같아요!" 마리가 기억난다는 듯 말했다.

"맞아. 그것도 신경가소성이 어떻게 작동하는지에 대한 간단한 예가 되겠구나. 그리고 배우는 과정은 감정이 개입할 때 또 완전히 다른 국면에 접어들 수 있단다."

"그러니까 아까 말한 그 노인의 경우 사랑에 빠졌기

때문에 중국어를 배우는 게 더 쉬웠다는 거예요?"

"사랑은 배우는 과정에 강한 동기를 부여한단다. 그 노인은 그 여자를 정말 사랑했기 때문에 그녀와 꼭 제대로 소통하고 싶었지. 바로 그래서 아흔 살이었는데도 새 언어를 배울 수 있었던 거지."

"이해했어요. 그러니까 무언가를 배울 때 그걸 왜 배우는지 안다면 그걸 모른 채 지루하게 암기만 하지는 않을 테니 더 잘 배울 수 있다는 거죠?" 마리가 덧붙여 설명했다.

"어떤 것이 왜 중요한지 알면 그 일을 하는 데 정말 큰 동력이 되지. 그런데 때로는 단 한 번의 경험으로도 평생 가는 배움을 얻을 수 있단다." 나는 이어서 말했다.

"너는 뜨거운 수프는 먹으면 안 된다는 걸 알지? 어떻게 알았어?"

"그거야 어릴 때 뜨거운 수프를 먹고 혀를 덴 적이 있으니까요." 마리가 그때를 기억하고 인상을 찌푸렸다.

"바로 그거야. 혀를 데었고 너는 아팠지. 그러자 네 뇌 속에서 '뜨거운 수프'와 '먹지 말 것' 혹은 '조심할 것'이라는 연결이 생긴 거야. 그리고 이 연결은 아팠던 경험 덕분에 아주 강한 연결이 됐지. 마리야, 믿을지 모르겠지만 나는 너에게 뜨거운 수프는 조심해서 먹어야 한다고 수도 없이 말했었단다. 하지만 그런 말이 혀를 덴 것과 같은 효과를 내지는 못했지. 내가 수백 번 경고했을 수도 있지만 네 머릿속에 강력한 연결을 만든 건 실제 경험이야. 나는 늘 너를 위험에서 보호하려 할 테지만 원래 사람은 많은 부분에서 스스로 경험해 볼 때 더 효과적으로 또 더 효율적으로 배운다는 것도 잘 알고 있단다."

"그 말은 제가 루이즈에게 자전거를 너무 거칠게 타지 말라고 아무리 말해도 소용없다는 뜻인가요?" 마리는 생각에 잠긴 채 물었다.

"일단 너는 루이즈의 언니잖니. 내 생각에 루이즈가 언니 말을 들을 것 같지는 않구나." 내가 짓궂게 웃으며 말했다.

"하지만 뇌에서 강한 연결이 만들어지면 우리는 그 연결을 따르게 되어 있어. 그렇게 강한 연결을 만드는 데 감정이 도움이 되고. 예를 들어 어떤 사람이 너무 빨리 달리다가 다친 걸 보게 되면 루이즈의 뇌 속에서도 불쾌한 기분이 생기겠지. 그것이 루이즈의 뇌 속에서 '질주'와 '위험'을 연결해 줄 테고 그러면 적당히 천천히 달리게 될 수도 있겠지."

나는 잠시 멈추었다가 다시 말했다.

"어른들도 그렇게 다르진 않단다. 그다지 좋지 않은 일임을 잘 알고, 그래서 남들이 아무리 그만두라고 해도 그만두지 않지."

"흡연처럼 말이죠." 마리가 말했다.

"니코틴이 나쁘다는 걸 알아도 여전히 담배를 피우잖아요."

"안다고는 하지만 니코틴 중독을 끊을 만큼 확실히 아는 건 아니니까 그럴 수도 있어. 내 동료 스테판만 해도 예전에 담배를 정말이지 많이 피웠지. 그런데 몇 년 전에 의사가 심장에 문제가 있다고 했어. 그 심장 문제가 흡연 때문인지는 분명하지 않았지만 스테판은 그렇다고 생각했고 그다음 날 바로 담배를 끊었지. 의사의 진단이라는 한 번의 충격이 스테판의 뇌 속에 '니코틴'은 '위험한 것'이라는 강력한 연결을 생성했지. 그제야 스테판은 담배를 완전히 끊을 수 있었어. 단순히 아는 것 혹은 이해하는 것보다 자신이 건강하지 못한 상황에 있다고 느끼는 것이 훨씬 더 강력했던 거지." 내가 요점을 간추렸다.

불행하게 살아가는 과학적 이유

우리는 잠시 쉬며 언제 또 사라질지 모르는 햇볕도 쬐고 하늘의 구름이 움직이는 모습도 감상했다. 동시에 나는 지도를 열심히 보았고 물병의 물도 몇 모금 마셨다. 배낭에서 바나나도 하나 꺼내 먹었다. 역시나 구름이 금방 또 태양을 덮어버렸고 조금 차가운 바람이 솔솔 불어왔다. 마리는 목에 밝은색 스카프를 둘렀다.

"그러니까 내가 친구한테 담배는 안 좋다고 아무리 말해도 소용이 없는 거죠?" 좀 지나서 마리가 물었다.

"안타깝지만 그런 것 같구나. 그런데 흡연은 단지 한 예일 뿐이지." 나도 다시 말을 시작했다.

"예를 들어 과학자로서 오랫동안 이런저런 연구 프로

젝트를 진행하면서 나는 과로하는 사람들을 많이 봐왔단다. 좋아하지도 않는 일에 맨날 야근을 했지. 그래서 가족과 거의 시간을 보내지 않고 자신이 정말 좋아하는 일은 전혀 못하는 거야. 그렇게 행복을 놓치며 사는 거지."

"왜 그렇게 불행하게 살아요?" 마리가 풀숲에서 찾아낸 돌멩이 하나를 들어 올리며, 이해할 수 없다는 듯 물었다. 마리는 돌멩이를 요리조리 돌려서 본다.

"많은 대화를 나눠 본 결과 나는 그 사람들이 자기가 정신적으로 얼마나 건강하지 못한 상황에 있는지 제대로 모른다는 사실을 알게 됐어. 자신이 처한 상황에 대해 불평은 하지만 그럼 왜 계속 그렇게 사느냐고 물으면 주로 돈이 필요해서라고 하지. 차를 사고 연금을 내고 대출을 갚고 아이들을 교육시키려면 어쩔 수 없다면서 말이야."

"하지만 그런 일에 정말 돈이 많이 들기는 하잖아요?" 마리는 반문했다.

"그렇지. 하지만 나는 그렇게 해서 산 집과 자동차와 연금을 과연 즐길 수 있을까 싶단다. 그것들을 만든 과정이 불행했다면 말이야." 나는 마리에게로 몸을 돌리며 말했다.

"네가 비싼 교육을 받았다고 해서 인생을 행복하게 살 수 있을까?" 나는 좀 감상적으로 물었다.

"최악의 경우 네가 좋아하지도 않는 일을 매일 밤늦게까지 해야 할 수도 있어. 그렇다고 좋은 교육을 받지 말라는 뜻은 아니고. 대학 공부가 너를 행복하게 한다면 대학에 가야 해. 그게 아니라 제빵사나 다른 무언가가 되고 싶다면 그 일을 해야 하고. 네가 진짜 원하는 것이 너의 결정이 될 때 가장 이상적이란다. 다른 사람이나 이 사회가 너에게 바라고 기대하는 것이 아니라. 평생 자신이 좋아하지도 않는 일만 하는 사람도 많아. 다른 사람, 예를 들어 부모 같은 사람의 기대에 부응하기 위해서 말이야."

"아니면 무엇을 해야 행복한지 몰라서 그럴 수도 있어요." 마리가 돌멩이를 다시 풀숲에 던지며 말했다.

"물론 그럴 수도 있지. 아직 젊고 경험이 없다면 그걸 알아내는 게 그렇게 쉽지는 않을 거야."

나는 마리의 말을 곱씹었다.

"이렇게 가정해 보자. 네가 전공을 하나 선택했어. 어떤 사람이 네가 그 전공을 선택하기를 바라서 혹은 이렇다 할 전공이 생각나지 않아서 말이야. 공부를 마치고 너는 전공과 관련 있는 직업을 하나 선택해. 나쁘지 않아 보이는 직업이지. 돈을 벌게 해주고 사회의 일원이 되게 해주고 경제적으로 자립하게 해주니까. 그런데 그렇게 몇 년이 지나고 보니 그 일이 점점 재미가 없어. 그동안 배울 건 다 배웠고 좋아하기 힘든 동료도 있고 월급이 꼬박꼬박 나온다는 사실도 이제 별스러울 게 없어. 처음에는 모든 게 새롭고 재미있었지만 이제 일상이 된 거지. 이제 너는 왜 그 일을 하는지 모르겠어. 그리고 그 일이 행복하지 않음을 인정해야 할 수도 있어.

하지만 네 머릿속 원숭이는 그 즉시 집 대출금을 비롯해 네가 그동안 구축해 온 생활 방식을 떠올리게 하지. 오랜 시간 너의 뇌 속에서 굳어질 대로 굳어진 생활 방식이지. 특정 행동, 생각, 감정은 자주 반복하는 것일수록 뉴런들의 연결이 강력해지므로 일상은 그것에 끌려가게 되어 있어. 그래서 습관을 깨고 새로운 것을 시작하기가 어려운 거고."

"사랑에 빠져서 중국어를 배운 그 노인처럼, 강력한 감정이 도움이 되잖아요?"

"물론 그렇지. 어떤 경험들은 아주 강한 감정을 불러일으키고 그 감정이 하루아침에 습관을 바꾸지. 감정적으로 준비가 되었다는 것인데 이건 매우 중요하단다. 너를 움직이고 동기와 에너지를 줘서 너를 변하게 하는 것이 결국은 기본적으로 너의 감정이기 때문이지."

"예를 들어 설명해 주시겠어요?"

"그럴게. 하지만 먼저 다시 걸어보자꾸나."

우리는 배낭을 다시 메었다. 그리고 서로 팔짱을 끼고 다시 걷기 시작했다.

뉴런들이 주고받는 메시지를 들을 수 있다면

태양이 또다시 구름 뒤로 숨었다. 언덕 너머로 안개가 짙어졌고 공기가 차가워졌다. 공기가 습하기도 해서 피부가 촉촉해지는 게 느껴진다. 가다 보니 갈림길이 나와서 위클로 길 표식이 가리키는 쪽으로 갔다. 위클로 길 표식은 배낭 맨 사람 모양의 노란색 아이콘이다. 나는 약간 한기가 느껴져서 안개가 짙어지지 않기를 바랐다.

"다행히 자기 일을 사랑하고 그 일을 하면서 행복한 사람도 많지만 그렇지 않은 사람도 나는 많이 봤단다." 내가 이야기를 이어갔다.

"예를 들어 바네사도 그랬지. 바네사는 남동생이 죽은 날 인생이 송두리째 바뀌었단다."

마리는 놀란 표정을 지었다.

"3년 전 즈음에 처음 봤을 때 바네사는 아주 야망이 큰 여자였단다. 경력이 아주 화려했지. 하지만 일에서 전혀 기쁨을 못 느끼고 있었어. 무엇을 할 때 행복하냐고 묻자 여행이 좋다고 했어. 언제나 떠나고 싶지만 늘 지금은 그럴 때가 아니라고 자신을 주저앉힌다고 했어. 처음에는 승진이 보장되는 프로젝트를 많이 맡으며 일만 했지. 그렇게 몇 년을 보내자 세계여행을 해도 될 정도로 돈을 많이 모았지. 하지만 그때도 안식년을 신청하면 다음 승진에서 제외될 거라고만 생각했지. 그렇게 또 몇 년이 흘렀고 이제는 회사에서 맡은 책임이 너무 막중해서 몇 달 자리를 비우기가 완전히 불가능해져 버렸지. 매일 늦은 시각에 집에 돌아오면 너무 피곤해서 정작 좋아하는 일은 전혀 할 수가 없었어. 그래서 스트레스가 극심해지면 비싼 물건들을 사면서 해소했단다. 비싼 차, 명품 가방, 옷, 구두 같은 것들 말이야."

"비싼 가방이 어떻게 사람을 행복하게 해요?" 마리가 불쑥 물었다.

"바네사는 충동구매를 하면 순간이나마 행복감을 느꼈어. 그래서 무언가를 당장 사고 싶다는 강하고 끈질긴 욕구에 시달렸지. 내 생각에 많은 사람이 이건 이해할 거야." 나는 마리를 보며 말했다.

"지난번에 스포츠용품 가게에 갔을 때 생각나니? 너도 그 운동화를 꼭 사야 한다고 했지."

"아, 네. 너무 멋진 운동화였어요. 하지만 다행히 사진 않았어요. 집에 비슷한 운동화가 두 켤레나 있으니까요." 마리가 자신이 자랑스럽다는 듯 말했다.

"하지만 그 가게에서는 사고 싶은 충동을 강하게 느꼈지. 아니니?"

마리는 히죽 웃었다.

"충동구매는 사람을 즉각적으로 흥분시키지. 더 정확하게는 보상받았다는 느낌을 불러일으켜. 네가 그 운동화를 봤을 때 네 뇌 속에서 보상 체계가 활발해지면서 도파민이라는 신경전달물질을 분비했어. 뉴런들은 신경전달물질이라고 하는 화학물질을 분비하면서 서로 메시지를 전달하지."

"뉴런들이 서로 뭐라고 하는데요?" 마리가 짓궂은 표정으로 물었다.

"실험으로 한번 알아볼까?"

"좋아요!" 마리는 그 자리에 멈춰 서서 햇살에 눈을 찡그렸다.

"잠깐 눈을 감고 루이즈를 떠올려 봐. 할 수 있지?"

"네, 루이즈의 얼굴이 보여요. 지금 할머니하고 같이 있으니까 할머니 집 부엌 식탁에 앉아있는 모습이 보여요."

"부엌 식탁에서 뭘 하고 있어?"

"인상을 쓰고 있어요." 마리는 동생 루이즈의 표정을 흉내 냈다.

"이제 눈을 떠." 내가 말했다.

"네 머릿속 그 모든 그림과 생각은 네 뉴런들의 활성 양상일 뿐이야. 너는 동생을 상상했지. 그것도 하나의 활성 양상이야. 네 동생이 네 머릿속에서 인상을 썼지. 이것도 비슷하지만 또 다른 하나의 활성 양상이지. 내가 네 머릿속의 그 모든 활성 양상을, 그게 너에게 무슨 의미인지 이해할 수 있게 서로 연결할 수 있다면 나는 네 생각을 읽을 수 있어."

"그거 섬뜩한데요! 절대 사양입니다." 마리가 짐짓 격분한 척 말했다.

"아까 그 스포츠용품점 상황으로 돌아가 보자. 그 운동화를 봤을 때 네 뇌 속 보상 체계가 활성화됐어. 원숭이가 아주 흥분해서 그 운동화를 어떻게든 사야 한다고 주장했지. 그래서 만약에 네가 그 운동화를 샀더라면 보상 체계는 더 활성화되었을 거야. 그리고 너는 그 순간 행복감을 느꼈을 거야. 하지만 그 느낌은 대체로 오래가지 않아. 특히 필요하지 않은 물건을 샀다면 더 그렇지. 집에 돌아올 즈음에는 이미 행복한 기분은 사라지고 없을 거야."

"그리고 돈도 사라졌겠지요!"

"맞아. 우리 돈도 사라졌겠지. 하지만 그보다 더 나쁜 건 집에 도착하자마자 그 운동화가 전혀 필요하지 않음을 깨닫는 거지. 그런데도 큰돈을 썼다는 것도 말이야. 그럼 후회의 감정이 밀려오겠지." 내가 덧붙여 설명했다.

"그러니까 바네사는 명품들을 사느라 돈을 많이 낭비했고 그래서 후회했다는 거죠? 그런 바보 같은 짓이 어딨어요!"

"물론 명품에 관심이 많아서 정말 좋은 가방이나 옷을 사기 위해 오랜 시간 검색하고 고민하는 사람도 많지. 그들에게는 굉장히 중요한 일이라서 때로는 몇 주고 그 일에 열정을 보이지. 그렇게 해서 얻은 물건이라면 오랫동안 행복감을 주겠지. 바네사의 경우는 그렇지 못했어. 바네사는 스트레스를 풀려고 하는 전형적인 충동 구매자였어. 그만큼 정신적으로 지쳤던 거지. 즉흥적으로 가방, 신발, 옷 등을 사서 잠시나마 행복감을 느끼는 것으로 내면의 공허함을 채우려 했지."

"뇌 속 보상 체계를 활성화하면서요?!" 마리가 결론을 내렸다.

"맞아. 하지만 바네사의 마음은 언제나 또 금방 공허

해졌어."

마리는 잠시 조용히 생각하다가 말했다.

"어쩐지 슬프지 않아요? 저는 그렇게 제 소중한 시간을 낭비하며 살고 싶진 않아요!"

"말은 쉬워도 살다 보면 생각처럼 그렇게 쉽지 않을 수도 있단다." 나는 설명을 계속했다.

"멀리서 보면 바네사가 불행하다는 게 분명히 보이지. 그리고 바네사 자신도 어느 정도는 그렇다는 걸 알고 있었어. 하지만 그렇게 느낄 때마다 바네사는 다음 번 승진 혹은 대출 만기 같은 문제들로 그 상황을 스스로 정당화했지. '지금은 어쩔 수 없어! 이 일에 이미 너무 많은 시간과 에너지를 투자했잖아.'라고 하면서 말이야. 지금 하는 행동을 정당화하는 믿음 문장을 찾아내기란 어렵지 않아. 어려운 건 그 반대야."

"그러니까 바네사는 불행한 자신의 상황을 스스로 정당화했다는 거예요?"

"어느 정도는 그랬지." 내가 대답했다.

"레온 페스팅거의 심리학 이론으로 인지 부조화라는 게 있단다. 이 인지 부조화가 정당화 과정을 이해하는

데 도움이 될 것 같으니까 좀 더 자세히 설명해 볼게. 우리는 예를 들어 건강하게 살아야 한다고 믿고 최상의 경우 실제로도 그렇게 살아. 이 말은 건강한 음식을 먹고 규칙적으로 운동하며 산다는 뜻이지. 그러니까 우리는 우리의 믿음에 맞게 살아. 그런데 가끔은 텔레비전을 보면서 과자도 먹고 싶어. 이때 그런 행동과 우리의 믿음 사이에 부조화가 일어나지. 너도 그런 부조화가 내면에 갈등을 일으킴을 이해하겠지. 이런 부조화를 해결하는 데에는 여러 길이 있어."

"가장 좋은 것은 당연히 과자를 먹지 않는 거겠죠."

마리가 생각한 답을 내놓았다.

"그것도 한 방법이지. 그건 행동을 바꿔서 내면의 갈등을 해결하는 거야. 참고로 연구에 따르면 우리는 행동보다는 생각과 믿음을 바꿔서 내면의 갈등을 해소하기를 더 좋아한다고 해. 그러니까 '아, 과자 한 봉지 먹는다고 뭐 큰일 나겠어?'라고 하면서 말이야. 아니면 문제의 그 행동에 우리의 믿음에 맞는 다른 의미를 부여하기도 하지."

"잘 모르겠네요." 마리가 헷갈린다는 듯 말했다.

"그러니까 과자가 건강하다고 주장할 수도 있다는 거예요?"

나는 웃음을 터트렸다.

"그건 좀 극단적인 주장 같구나. 하지만 맞아. 기본적으로는 그래. '우리 삼촌은 매일 밤 감자칩을 한 봉지씩 먹었지만 아흔세 살까지 사셨다고! 가끔 감기 정도나 걸릴 뿐 크게 아프신 적도 없었다고.'라고 하는 게 더 일반적이긴 하지. 무슨 말인지 알겠지?"

마리는 묶은 머리를 한 손으로 만지작거리며 잠시 생각을 가다듬었다.

"바네사는 그렇게 자신을 정당화하며 내면의 갈등을 풀었던 거군요."

"그랬단다. 불행하다고 느낄 때마다 자기가 바랐던 행복한 인생과 스스로 내린 잘못된 결정 사이의 부조화를 보았을 거야."

"그리고 그 부조화, 즉 내면의 갈등을 자신의 믿음 문장을 바꾸면서 해결했던 거고요. 집과 자동차를 사느라 빌린 대출금을 갚고 승진도 하려면 일이 중요하다고 생각하면서요?" 마리는 조금은 믿을 수 없다는 듯 말했다.

"맞아. 그리고 행동을 바꾸는 것보다 그 행동에 맞게 믿음을 바꾸는 것이 더 쉬워. 인생에서 무엇을 바꾸는 데에는 많은 용기가 필요하단다. 그리고 감정적으로 준비가 되어야 하지."

"그런데 아까 바네사의 인생이 송두리째 바뀌었다고 하지 않았어요?" 마리는 거의 마지막 희망이라도 붙잡으려는 듯 물었다.

"그랬지. 내가 바네사를 알고 지낸 지 2년 정도 됐을 때 바네사의 남동생이 악성종양 진단을 받았단다. 30대로 아주 젊은 나이였지. 진단을 받고 3개월 만에 죽었어. 동생이 죽은 뒤 바네사는 아주 힘든 시간을 보내야 했지. 당연히 강렬한 감정들이 몰려왔어. 바네사는 동생을 잃었다는 생각에 무너졌어. 동생과 많은 시간을 함께 보내지 못한 것이 아주 후회스러웠지. 동생을 정말 사랑했는데 그렇다고 자주 말해주지 못한 것도 후회했지. 그리고 지금까지처럼 불행하게만 살다가 죽고 싶지는 않았어."

나는 잠시 멈춘 다음 말했다.

"바네사는 너무 많은 시간을 낭비했음을 깨달았어.

그 느낌이 굉장히 강해서 변할 수 있었던 거야. 바네사는 돈이 자신을 결코 행복하게 해줄 수 없음을 분명히 보았지."

"그래서 무엇을 어떻게 바꾸었어요?"

"동생이 죽은 직후 바네사는 직장에 사표를 냈고 살던 집도 세를 주고 차도 팔았어. 그리고 세계여행을 떠났지. 굳은 결심을 하나 하고 나면 인생이 길을 보여주게 되어 있단다. 그럼 뒤돌아보지 않고 그 길을 가게 되지. 내가 원하는 한 말이야. 감정적으로 준비가 되었을 때 변화가 일어나. 그건 사실 결심이라기보다 정신적인 발전에 더 가까운 것 같아. 정신적 도약 같은 거지. 강한 감정으로 확실한 동기부여가 되면 노력하지 않아도 우리는 우리에게 맞는 길이라고 느껴지는 방향으로 가게 되어 있단다."

"하지만 나쁜 습관을 바꾸기 위해 끔찍한 경험을 하고 싶지는 않아요." 마리가 절실한 목소리로 말했다.

"알아. 너의 소중한 시간을 낭비하지 않을 방법에 대해서는 나중에 얘기하자꾸나. 나 지금 배가 고프거든! 너도 배고프지 않니?"

"배고파 죽을 지경이에요!"

우리는 주변을 둘러보았다. 조금 앞쪽에 낮은 돌담이 있었다. 아일랜드에는 들판과 사유지를 나누는 낮은 돌담이 많다. 네모진 돌들을 편평하게 쌓은 멋진 돌담들이다. 우리는 돌담 위에 나란히 앉았다. 배낭을 내려놓자 어깨가 어찌나 가볍던지 날아갈 것 같았다. 짐은 최대한 가볍게 쌌지만, 며칠 동안 필요한 것들은 어쨌든 다 들어 있었다. 마리보다는 내가 짐을 더 많이 지고 있었기에 그 순간의 휴식이 꿀처럼 달콤했다. 나는 눈을 감고 어깨를 좀 주물렀다. 경직된 어깨가 조금씩 풀리는 것 같았다.

"바네사는 그래서 지금 어디에 있어요?"

마리가 갑자기 궁금했나 보다.

"지금 어디에 있는지는 모르겠는걸. 세상 어디에 있든 행복할 거야."

마리는 만족스럽다는 듯 고개를 끄덕이며 미소를 지었다.

끊임없이 과거와 미래를 지어내는 뇌

점심을 먹은 뒤 우리는 뭔가 최면 효과가 있는 듯한 상록의 풍경 속을 오르락내리락 걸었다. 높이 올라갈수록 위클로 산맥의 풍경이 그 전체 모습을 드러냈다. 비가 오면 그곳의 초지는 굉장히 질퍽해질 것이다. 그래서 사람들이 널빤지로 길을 깔아두었다. 널빤지들은 가는 철선으로 서로 묶여있다. 덕분에 비가 오나 눈이 오나 미끄러질 염려는 없다. 철선을 널빤지에 고정하는 데 이용한 작은 꺾쇠들을 보니 수천 개의 금속 꺾쇠를 널빤지와 철선 위에 쳐서 고정하는 일이 얼마나 힘들었을까 싶었다. 굉장한 노고였을 것이다. 차가 다닐 만한 넓은 길도 없는 그 높은 곳까지 어떻게 그 모든 것들을 옮겼는지도 모르겠다.

"엄마! 어느 쪽으로 가야 해요?" 마리가 생각에 잠긴 나를 불러 깨웠다.

널빤지 길이 갈림길로 접어들었다. 나는 지도를 꺼내 보았다.

"여기 이 표식은 오른쪽으로 가라고 하고 있어요." 마리가 위클로 길 표식을 가리키며 말했다.

"표식이 가리키는 대로 갈 수도 있고 전망이라면 최고라 할 수 있는 스핑크 길을 지나가는 우회로로 갈 수도 있어." 내가 안내서를 보고 말했다.

"그럼 스핑크 길로 가요." 마리가 제안했다.

"저는 아직 생생해요. 게다가 엄마는 뛰어난 잠재력을 발휘하는 법도 설명해야 하잖아요."

"그렇구나!" 나는 팔로 딸의 어깨를 감싸며 말했다.

"좋아, 지금까지 네가 배운 걸 말해줄래?"

나는 다시 딸에게 집중했다. 마리가 생각을 정리한 후 말했다.

"그러니까 엄마가 설명하신 것에 따르면 우리 뇌는 절대 쉬지 않아요. 게다가 즉흥적으로 활성화가 돼요. 아, 그리고 머릿속 목소리도 있어요. 끊임없이 재잘대는 내 원숭이요. 원숭이는 내가 이러저러하게 생각하고 느끼고 행동해야 한다고 말해요."

"좋아, 우리 딸 아주 잘 이해했구나! 그럼 그 원숭이가 하는 생각에 어떤 종류가 있는지도 기억하니?"

“우리 자신에 대한 정보도 있지만 다른 사람에 대한 정보도 있어요.” 마리가 장난꾸러기처럼 웃으며 덧붙였다.

“맞아, 바로 그거야. 우리 뇌는 우리가 자신에 대해 어떻게 생각하고 느껴야 하는지에 대한 정보를 갖고 있어. 그리고 네가 정확하게 말했듯이 다른 사람이 느끼고 생각하는 것에 대한 정보도 갖고 있지.”

“아! 그리고 나는 어떤 일이 있어도 내 인생을 바꾸기 위해 바네사처럼 나쁜 경험을 할 때까지 기다리지는 않을 거예요.” 마리가 외쳤다.

열정적인 마리의 모습에 나는 뿌듯하기까지 했다.

“그런데 잠재력을 발휘하는 방법을 설명하기 전에 우리 머릿속 그 원숭이에 대한 설명부터 끝내야 할 것 같구나.”

“넵, 노터베어트 교수님! 경청하겠습니다!” 마리가 놀리듯 말했다.

“우리 작은 원숭이가 머릿속에서 하는 생각의 종류가 하나 더 있는데 바로…….” 나는 마리의 머리를 살짝 건드리면서 말했다.

“과거와 미래에 관한 생각이란다. 우리는 과거에 경

험한 것들을 자세히 기억하기도 하고 미래에 어떻게 될지 상상하고 이러쿵저러쿵 추측하기도 하지. 지금까지 살아온 네 인생을 돌아보면 어떤 경험이 제일 먼저 떠오르니?" 나는 마리에게 물었다.

마리가 그 질문에 대해 생각하는 동안 나는 잠깐 멈춰서 가쁜 호흡을 가다듬었다. 오르막길을 절반쯤 올랐고 내 몸이 속도를 좀 늦추라고 했다. 나는 주변을 둘러보았다. 고요가 내 존재 전체를 적셔왔다. 눈이 닿을 수 있는 끝까지 보아도 인공의 흔적은 없었다. 끝없는 초록의 들판을 가르는 것은 여기저기에 포진한 히스 풀밭과 무리 지은 나무들뿐이었다.

나는 천천히 심호흡하며 습지 특유의 쿰쿰한 냄새를 맡았다. 높이 올라갈수록 그 냄새는 덜할 것이다. 나는 가만히 서 있었다. 습기를 머금은 공기가 내 얼굴에 부드럽게 내려앉는 가운데 윙윙대는 바람이 울며 자신의 근심을 토로하는 것 같았다. 태양은 몇몇 구름 뒤로 숨었고 안개는 서서히 옅어졌다. 저공비행하는 매 한 마리가 내 시선을 사로잡았다.

뇌는
감정과 연결된 경험을 더 잘 기록한다

"괜찮아요, 엄마?" 마리가 멀리서 소리쳤다.

마리는 계속 올라갔던 탓에 우리 사이가 꽤 벌어져 있었다. 나는 얼른 마리를 따라잡았다.

"응, 아주 좋아. 너와 함께 이렇게 아름다운 자연을 걷다니……. 엄마는 정말 이 순간을 만끽하고 있단다." 나는 두 팔을 펼쳐 보이며 말했다.

마리도 고맙다는 듯 미소를 보냈다. 그리고 내가 가까이 가자 팔짱을 끼며 머리를 내 어깨에 기댔다.

"그래 생각나는 일이 좀 있니? 무슨 기억이 제일 먼저 떠올랐어?"

"어려운 질문이에요." 마리가 머리를 내 어깨에서 떼며 대답했다.

"내 원숭이가 작은 사건들을 많이 떠올려 주었어요. 하지만 가장 기억에 남은 건 작년에 스키 타러 갔던 일이에요. 아니면 최근에 주인공을 맡았던 연극도 생각나고요."

"그 두 경험을 선택한 이유가 있니?"

"그게, 스키 여행은 그냥 멋졌으니까요! 너무 즐거웠잖아요. 그리고 연극은……, 아마 너무 떨었기 때문이 아닐까 해요. 가족들이 보고 있을 거니까 더 떨렸어요."

"기억에는 감정이 결정적인 역할을 하지." 내가 요점을 짚어주었다.

"그런 의미에서 너 그 벨기에 테러 소식을 우리가 어디서 어떻게 들었는지 기억하니?"

"네." 마리는 즉시 대답했다.

"바로 벨기에 외할머니 댁에 있었잖아요. 할머니 댁 거실에요. 그때 할머니께서 뉴스를 듣자며 텔레비전을 켜셨어요. 엄마가 걱정스런 표정으로 소파에 앉아계셨던 것도 기억해요."

"그날 정말 걱정했지. 그럼 너는 그 전날과 그다음 날 우리가 무엇을 했는지도 기억하니?"

"아뇨. 그건 기억나지 않아요." 마리는 잠깐 생각하더니 대답했다. 그리고 물었다.

"왜 그런 거예요?"

"우리 뇌는 감정을 불러일으킨 경험을 아무 감정도 느

길 수 없는 의미 없는 경험보다 더 잘 기억한단다. 뇌가 어떻게 생겼는지 묘사해 볼래?" 내가 격려하듯 말했다.

"뇌는 회색이고 주름이 많아요." 마리가 열중하며 말했다. 그러고는 어깨를 으쓱하며 뇌가 그 놀라운 능력과는 대조적으로 참 작고 흉하고 특색 없게 생겼다고 했다.

"뇌의 바깥층은 그래 맞아, 회색이야." 나는 마리의 말에 동의하면서도 곧이어 보잘것없는 뇌의 모습에 대한 아이의 실망감을 풀어줘야 할 것 같았다.

"그냥 피질이라고도 하는 대뇌피질은 약 2~4밀리미터 정도로 얇고, 일명 고랑이라는 주름이 져 있지. 피질은 다양한 육체적 기능에 아주 중요한 역할을 한단다. 피질의 모든 부분이 상호작용하며 함께 일하지만, 담당 기능이 분명한 부분들도 있지. 어떤 부분은 시각을 담당하고 또 어떤 부분은 청각이나 후각, 촉각을 담당하지. 예를 들어 시각 정보를 처리하는 곳은 피질 뒷부분이란다. 그 부분이 다치면 피질 차원에서 장님이 되지. 눈을 통해 뇌로 들어온 정보를 처리할 수 없게 되는 거야."

"그 말은 눈이 멀쩡해도 볼 수 없다는 뜻이죠?" 놀랍다는 듯 마리가 말했다.

"그렇다면 우리는 눈이 아니라 뇌로 보는 거예요?"

"그렇다고 할 수 있지. 보는 것, 알아차리는 것 모두 뇌에서 일어나니까 말이야. 물론 무언가를 포착하기 위해서는 눈이 필요하지만 그렇게 포착된 것이 뇌로 가서 인식되고 해석되니까."

"알겠어요." 마리가 말했다.

"그런데 또 모르겠어요." 마리가 미소를 지었다.

"이 지도를 생각해 보자꾸나. 지도가 보여주는 정보를 네 눈이 뇌의 뒷부분으로 보내지. 그곳에서 정보는 색, 명암, 형태, 선 등으로 분류되고, 그 각각의 정보 조각들이 피질 전반에 전달돼. 정확하게 말하면 피질 전반을 활성화하지. 그리고 그 (뉴런들의) 활성 양상들이 우리 뇌에서 '지도'라는 개념과 연결되어 있어. 그래서 우리는 이 지도를 지도라고 해석하는 거야." 내가 설명했다.

"의미는 바깥의 물건이나 사건 속에 있는 것이 아니라 우리 머릿속에서 생기는 거야. 다시 말해 의미는 뇌 속의 특정 활성 양상이야. 지금까지 이해했니?" 내가 마리의 옆구리를 툭 치며 물었다.

"지금까지는 이해했어요! 루이즈가 거칠다는 생각의

활성 양상을 제가 머릿속에 갖고 있는 것처럼요." 마리는 아까 루이즈가 자전거를 타는 방식에 대해 생각했던 일을 기억하고 말했다.

"맞아, 그리고 너는 루이즈가 옆에 없을 때도 그 양상을 활성화할 수 있어. 어쩌면 기억하려고만 하면 이 지도의 세부적인 정보까지 눈앞에 불러올 수도 있을 거야." 내가 덧붙이며 말했다.

바람이 강해지는가 싶더니 거센소리와 함께 돌풍이 불어와 우리 재킷을 한껏 부풀렸다. 마리는 웃으며 똑바로 서서 중심을 잡았고 나는 목도리를 더 단단히 여몄다.

토마토수프를 만들어내는 뇌의 피질

"엄마, 우리는 왜 가끔 착각을 해요?" 파란 눈을 크게 뜨며 딸이 물었다.

"무슨 착각 말이니?"

"그러니까 가끔 아는 누구를 봤다고 생각했는데 나중에

보니 그 사람이 아닌 경우가 있잖아요." 딸이 설명했다.

"네가 좀 전에 얘기했듯이 우리가 아는 사람들은 우리 뇌 속에서 특정 활성 양상과 묶여있단다. 예를 들어 네가 루이즈와 닮은 어떤 사람을 볼 때 네 뇌는 둘 사이에 서로 다른 점을 같은 점으로 채워 넣고 루이즈와 묶여있는 활성 양상을 자극하지. 그럼 너는 루이즈를 봤다고 착각하게 되지. 하지만 다시 자세히 보아서 네 뇌가 새로운 정보를 받고 그렇게 적당한 수정 작업이 이루어지면 네 뇌는 그 사람이 네 동생이 아니라는 신호를 보내지."

"청각이나 촉각도 똑같아요?" 마리가 알고 싶어 했다.

"응, 후각만 좀 다른데……, 냄새는 진화론적 이유로 뇌에서 한 번 걸러지는 과정 없이 곧장 처리된단다. 그러니까 우리가 즉시 인식할 수 있지. 시각, 청각 등 다른 감각들은 그 정보들이 감각기관을 통해 뇌에 도달해도 뇌가 의미 없다고 판단하면 걸러버릴 수 있단다. 그때 걸러지지 않고 살아남은 정보들만 피질 전반에서 그 의미가 해석되지."

"그건 또 무슨 말씀이에요?"

"예를 들어 설명해 보자. 너 지금 네 발이 네 신발 바닥을 누르는 걸 의식했니?"

마리는 씩 웃더니 발을 내려다보았다.

"네, 이제 엄마가 그렇게 물으시니까요. 그전에는 의식하지 않았어요."

"네 발을 의식하며 느낄 필요가 없었으니까! 예를 들어 발이 아프거나 할 때 우리 발은 우리의 주의를 끌고, 그러면 우리는 발이 아프다는 걸 알아차리지. 하지만 보통은 발이 신발 바닥을 누르고 있다는 정보가 아무 의미가 없으니까 의식하지도 않지. 들어오는 모든 정보를 다 의식해야 한다면 아마도 너무 힘들 거야."

"아하, 이해했어요." 마리가 내 앞으로 서더니 묶었던 머리끈을 풀면서 자기 말로 설명했다.

"그러니까 감각 정보가 들어오지만 그것과 별개로 우리 뇌는 정보의 적절성을 자체 판단해서 적절하지 않은 정보는 거르고 적절한 정보는 다음 장소로 넘겨요."

"아주 잘 이해했어! 바로 그거야!"

"피질은 그 외에 또 다른 일도 하나요?" 마리는 한 발씩 폴짝폴짝 뛰면서 물었다. 자기 다리를 의식하려는 게 분명했다. 거친 돌풍이 불어 딸의 얼굴이 온통 긴 빨강 머리로 덮여버렸다.

“피질의 대부분은 감각들로부터 오는 정보들을 연합하기 때문에 연합영역이라고 해.” 내가 설명을 계속했다.

“예를 들어 내가 너의 눈을 가린다고 해보자.” 나는 웃으며 딸의 얼굴에 흘러내린 머리카락을 올려주었다.

“그리고 너는 수프를 먹고 그 맛을 알아내야 해. 너는 한 입 먹고 맛에 집중하지. 그리고 분명 토마토 맛이라고 생각해. 심지어 냄새도 토마토야. 그런데 눈을 가렸던 띠를 풀고 보니 수프가 초록색이야. 이제 어떤 맛이라고 하겠니?”

“오, 이상하네요. 토마토수프는 빨간색인데……. 완전 당황스럽겠는데요?” 마리가 대답했다.

“그래, 그렇겠지. 경험에 따르면 토마토수프는 빨갛지. 그리고 우리는 토마토수프 특유의 맛과 냄새가 있다고 생각해. 너의 감각들이 보낸 정보들이 연합영역에서 종합되어 ‘토마토수프를 먹고 있다’는 인식이 만들어졌어. 그러니까 이 연합영역은 색, 냄새, 소리, 맛 같은 다양한 정보 조각들을 처리해서 하나의 네트워크 경험으로 묶는 뇌 구조들의 연합이라고 할 수 있지. 우리 뇌에는 토마토수프에 대한 분명한 생각이 있고 그 생각에는 토마토수프가 어떻게 생겼고 맛은 어떻고 냄새가 어떤지도 들어가 있지. 이 가운데 하나라도 맞지 않으면 그건 분명 굉장히 이상한 경험이 될 거야.

예를 하나 더 들어볼까? 빵집에 들어갈 때 우리는 냄새로 아주 빨리 그곳에 크루아상이 있는지 없는지 알 수 있지. 크루아상 맛이 어떤지, 방금 구워 나온 크루아상이라면 한 입 베어 물 때 바싹거리는 소리가 난다는 것도 잘 아니까 말이야."

"아, 엄마, 그러니까 초콜릿크루아상 먹고 싶잖아요." 마리가 웃으며 말했다.

마침내 우리는 스핑크 길에서 가장 높은 고도 500미터 지점에 다다랐다. 자갈길이어서 오르는 데 좀 힘들었지만, 그 사실은 금방 잊어버렸다. 우리 앞에는 아일랜드의 정원이라는 위클로 산맥 국립공원이 그야말로 끝없이 펼쳐졌다. 우리를 둘러싸고 진녹색의 산들이 성기게 이어졌다. 짙은 구름을 뚫고 햇살이 비추는 곳은 빛나는 노랑 혹은 불타는 주황빛을 발산했다. 그 신비로운 색의 향연을 보고 있자니 내 속의 모든 불안이 사라지는 듯했다. 나는 작지만 완전한 존재였고 동시에 그 어떤 커다란 것의 일부였다. 그 광경 앞에서는 내 머릿속 원숭이조차 아무 말 없이 만족한 듯했다. 내 몸속 마지막 세포 하나까지 우주를 깊이 신뢰했다. 나는 축복 속에 있었고 더할 수 없이 자유로웠다.

반면 마리는 여전히 좀 전의 대화에 빠져있었다.

"그러니까 뇌 속 피질이 우리 감각들이 보내는 정보들을 처리하고 종합한다는 거죠." 내 안의 고요를 깨면서 마리가 말했다.

"그런데 예를 들어 수학 문제를 풀 때나 새로운 언어를 배울 때는 어때요?"

질문에 대답하기 전에 나는 다시 정신을 차리려고 헛기침부터 해야 했다.

"그것들도 피질에서 일어나는 이른바 고차원적 인지 능력이란다. 계획하고, 조직하고, 정보를 분석하고, 해결책을 찾고, 무언가 새로운 것을 배우는 것 모두 성능 좋은 피질이 필요한 고차원적 능력들이지. 이런 능력을 발휘하는 데는 전두엽이라고 하는, 피질의 가장 앞부분이 특히 중요하단다."

고요했던 순간이 사라져서 조금 서운했지만 나는 다시 내 직업의 세상으로 돌아왔다.

"그리고 우리가 움직일 수 있는 것도 피질 덕분임을 잊지 말아야 한단다. 그 부분을 운동피질이라고 해."

"작은 기관 하나가 그렇게 많은 일에 꼭 필요하다니 정말 놀라워요. 너무 흥미롭고요." 마리가 신기해하며 말했다. 그리고 그 모든 것을 다시 생각해 봐야겠다는 듯 혼자 조금 빨리 걷기 시작했다.

한동안 우리는 제가끔 자신의 세상에 빠져 널빤지 길을 말없이 걸었다. 마리가 먼저 그 길 끝에 있는 전망대에 도착해 난간에 기댄 채 몸을 앞으로 내밀었다.

"와!" 마리가 탄성을 지르고는 돌아보며 말했다.

"엄마, 이렇게 아름다운 광경은 정말 처음이에요!"

나는 그곳에서 어떤 광경이 우리를 기다리고 있을지 알고 있었으므로 공감하는 표정을 지어 보였다. 그리고 이윽고 마리 옆에 가닿아 팔로 딸의 어깨를 감쌌다.

"자, 저기가 글렌달록 계곡이란다!"

천혜의 자연 속에 파묻혀 있는 글렌달록 계곡! 그 계

곡이 우리 발아래 짙푸른 어퍼 레이크Upper lake까지 길게 이어져 있다. 우리가 불러내기라도 한 듯 그 순간 구름 뒤에 있던 태양이 반짝하고 그 모습을 드러냈다. 덕분에 멀리 보이는 로어 레이크Lower lake가 빛으로 환해졌고 호수의 표면 위로 별 같은 빛의 결정들이 춤을 추었다. 나는 인생에서 허락된 가장 훌륭한 장관 중의 하나를 보았다. 내 딸도 그 자리에서 우리가 본 세상을 영원히 기억할 것이다.

"이제 저 길로 내려가요?" 마리가 초록의 구릉을 따라 굽이치는 좁은 널빤지 길을 가리키며 물었다. 그곳에도 안전하고 편안하게 내려가게끔 널빤지 길이 나 있어서 나는 매우 기뻤다.

"응. 그럼 출발해 볼까?" 나는 마리의 허리를 살짝 찌르고 배낭을 고쳐 메어 주며 말했다. 마리는 배낭에서 이미 선글라스를 꺼내놓고 있었다.

마리는 나무 벤치를 지나서 계곡 방향으로 행진하듯 걷기 시작했다. 좁은 길 양쪽으로 덤불이 제멋대로 무성하게 자라나 있었는데 아무리 봐도 부족한 아름다운 풍경에 정신이 팔려 우리는 자꾸 덤불 쪽으로 발을 헛디뎠

다. 어느덧 장난치며 놀던 어린 시절로 돌아간 것 같았다. 어릴 때 나는 길 위를 걷기보다 길옆의 낮은 돌담 위로 걷기를 더 좋아했다. 어른이 된 후에는 길을 놀이터로 이용할 생각은 아예 하지도 못했다.

그런데 지금 이 단순한 널빤지 길이 어린 시절을 떠올리게 했고 그러자 당연히 그때처럼 기분이 좋아졌다. 마리도 아이로 돌아간 것 같았다. 갑자기 내 앞에서 길을 따라 껑충껑충 뛰며 두 팔을 한껏 펼치고 노래를 부르기 시작한 걸 보면 말이다. 마리는 그러면서도 연신 머리를 돌려 나를 보았고 나는 즐겁고 편안한 마리의 표정을 볼 수 있었다. 끝나지 않으면 좋겠다 싶은 광경이었다. 나는 이 순간을 절대 잊어버리지 않겠다고 다짐했다.

우리는 천천히 글렌달록 계곡 쪽으로 내려갔고 그러는 동안 간간이 다른 여행자들과 마주쳤다. 어떤 신사는 쓰고 있던 초록색 챙모자를 들어 올리며 유쾌하게 인사했고 어떤 아름다운 여성은 자신의 반려견 골든 리트리버를 꼭 잡고 환하게 웃으며 우리가 지나가도록 배려해 주었다. 어느덧 평평한 길이 끝나고 긴 나무 계단을 내려가야 했는데 아래에서 올라오던 사람들이 자꾸 위를 쳐다보며 올라가야 할 길이 얼마나 높은지 확인하고 놀라워했다.

"이 계단을 올라가는 것이 아니라 내려가서 얼마나 다행이에요, 엄마." 마리가 말했다.

다리가 납덩이를 매단 듯 무거웠으므로 나는 오늘 우리가 몇 킬로미터나 오르락내리락했는지 아느냐고 물었다. 끝나지 않을 것 같던 계단을 거의 다 내려왔을 때 우리는 계단을 올라오는 젊은 커플과 마주쳤다. 둘은 벌써 지친 듯 숨을 헐떡이고 있었다.

"거의 다 왔어요!" 내가 웃으며 말했다.

"정말요?" 여자 쪽이 희망에 찬 표정으로 물었다.

"사실대로 말하면 아뇨, 한참 더 가야 해요." 내가 솔직히 말했다.

"하지만 지금 아주 잘하고 있어요."

둘은 웃음을 터뜨렸다.

"엄마, 아까 좀 너무하신 거 아니에요?" 나중에 마리가 물었다.

"아마도. 하지만 그 사람들 웃었잖니. 웃음은 긍정적인 감정이고 긍정적인 감정은 언제나 활력과 에너지를 주지. 모르긴 몰라도 그 사람들 정상에 올라서도 우리를 생각할걸!"

긴 계단 아래에 이르자 사람들의 발걸음이 만들어놓은 길이 하나 나왔다. 포울라나스 개울을 따라 난 길이었다(포울라나스 개울은 이름이 같은 포울라나스 폭포로 이어진다). 포울라나스 폭포에서 우리는 드디어 바라던 휴식을 취했다.

암석들 사이에 파묻힌 폭포는 작았지만 꽤 큰 소리를 내며 아래로 떨어졌다. 나는 바위 위에 앉아 눈을 감고 물이 떨어지는 소리를 들었다. 눈을 감고 들으니 소리가 변하는 것 같았고 어떤 때는 거친 록음악 같기도 했다. 내가 그러고 있는 동안 마리는 돌멩이를 주워다가 탑을 만들었다. 쌓다가 무너지면 또 쌓기를 반복했다. 폭포 소리 덕분인지 마리도 명상 상태에 빠진 것 같았다.

"그런데 왜 사람은 감정이 섞인 사건을 더 잘 기억해요?" 갑자기 마리가 물었다.

나는 눈을 뜨고 마리를 보았다. 호기심이 가득한 얼굴이다.

"이제 너도 알다시피 피질은 감각기관들이 보내준 정

보를 처리해 우리가 인지할 수 있도록 하지. 운동피질은 거기에 더해 우리가 우리 몸을 이용하고 움직일 수 있게 해주지. 그리고 계획하고, 조직하고, 정보를 분석하고, 해결책을 찾아가는 고차원의 인지 능력도 피질에 의해 촉진된다고 했었지. 피질의 앞부분인 전두엽에서 말이야."

"얇은 세포층치고 하는 일이 정말 많네요." 결론을 내리듯 마리가 말했다.

"심지어 피질 아래에도 여러 기능을 하는 구조들이 있단다. 그곳을 피질 하부라고 하지."

"알겠어요." 마리가 고개를 끄덕였다.

"피질 아래에 있긴 하지만 피질과 거의 붙어 있어서 서로 영향을 주며 같이 일할 수 있어. 피질 하부의 상당한 부분이 변연계를 이루고 있지."

"그건 생물 시간에 배웠어요." 마리가 말했다.

"우리가 감정을 느끼는 데 굉장히 큰 역할을 하는 곳 맞죠?"

"정확히 알고 있구나!" 기특한 마음에 나는 웃으며 말했다.

"변연계는 또 여러 구조로 나뉘는데 그 구조들이 각각 특별한 기능을 수행하지. 감정이 섞인 사건을 왜 더 잘 기억하냐는 네 질문에 대답하기 전에 먼저 이 변연계 내부 구조에 대해 알려주는 게 좋을 것 같구나. 먼저 시상이란 게 있지. 시상은 '감각계의 신경 중추'라고도 하는데 의식과 무의식의 기능에 아주 큰 역할을 하지. 그리고 우리가 수면 중일 때도 아주 많은 일을 하지."

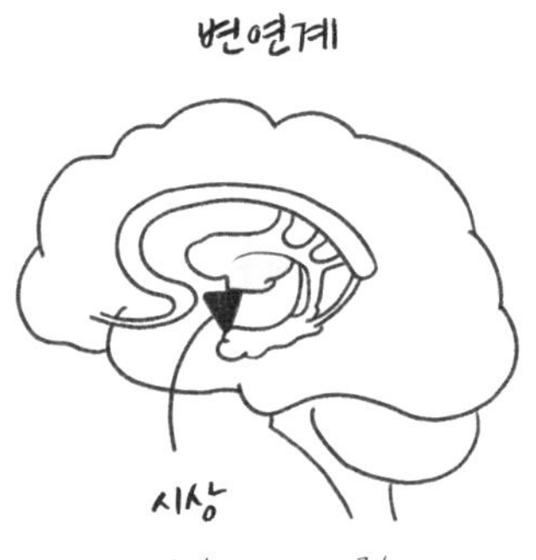

마리는 이맛살을 찌푸렸다.

"감각계의 신경 중추라고요? 그게 무슨 뜻이에요?"

"너도 알다시피 우리는 감각기관, 그러니까 눈, 코,

귀, 피부, 혀를 통해 바깥세상에 관한 정보를 얻지. 그렇게 모인 정보들이 시상으로 가게 된단다. 그럼 시상은 신경 중추로서 그 정보가 적절한지 아닌지 결정한단다. 적절하면 그것들을 처리할 뇌의 다른 부분으로 보내지. 부적절하다고 판단되면 그 정보는 걸러내고 말이야."

"아하, 이해했어요. 아까 발로 신발 바닥을 누르는 걸 의식했느냐 안 했느냐 문제로 설명해 주신 거, 그거 맞지요?"

"그래, 맞아. 우리한테 중요하지 않은 정보는 그런 식으로 시상이 걸러내는 거란다. 그럼 우리는 그걸 의식하지 못해. 이와 관련해서 무의식을 갖고 작은 실험을 하나 해볼까?" 내가 제안했다.

"여기 물 가까이 가보자."

마리는 쌓던 돌탑을 그대로 두고 나를 따라 물 쪽으로 가까이 갔다.

"와! 물이 정말 차갑네요."

"무언가 들리니?" 내가 물었다.

"네, 물이 아주 시끄럽게 떨어지는 소리요. 처음에는 차가운 손에 집중하느라 그 소리를 듣지 못했어요. 이

제 엄마가 그렇게 물으니까 폭포 떨어지는 소리가 들려요." 마리가 대답했다.

"그리고 이 소리를 듣는 동안에는 또 손이 차갑다는 것을 전혀 느끼지 못해요."

"네가 물에 손을 담갔을 때 피부를 통해 차갑다는 감각 정보가 들어왔고 시상으로 전달됐지. 시상은 그 정보를 적절한 것으로 판단해 그 정보를 처리하기에 적절한 피질로 보냈지."

"바로 그 순간에 제 뇌는 저에게 이 물이 차갑다고 말해준 거고요?"

"맞아. 네가 손에 집중했기 때문에 물이 떨어지는 소리가 네 귀에 들어가긴 했지만 부적절한 정보로 분류된 거지. 그래서 그 소리를 의식하지 못한 거야."

"그리고 제가 소리에 집중했을 때는 다시 제 손에 닿는 차가운 물을 인식하지 못한 거고요. 그건 이제 분명히 알겠어요." 마리가 그렇게 정리한 후 손을 털며 말렸다.

우리는 다시 배낭을 놓아둔 아까 그 자리로 돌아왔다.

"우리 뇌는 감각기관이 포착한 정보를 다 처리하지 않아. 그런데 이 사실은 우리에게 아주 중요한 사실을 하나 더 말해준단다." 내가 설명했다.

"보거나 듣는 것과 관련해서 우리가 주의를 적극적으로 조종한다면 우리 뇌가 어떤 정보를 처리할지 우리 스스로 어느 정도 선택할 수 있다는 거지. 쉽게 말해 눈을 감고 촉각에 집중하는 일을 의식적으로도 할 수 있다는 뜻이야. 그럼 예를 들어 피부에 닿는 거친 바람이나 따뜻한 햇살을 느낄 수 있지." 나는 잠시 멈추고 마리가 이해할 때까지 기다렸다.

"갑자기 너무 많은 정보가 쏟아져 들어오는 것 같아요. 지금까지 들은 걸 다 따라잡으려면 좀 쉬어야겠어요." 마리가 말했다.

"당연하지. 그래도 계속 걸을 수는 있지? 오늘 가려던 길을 다 가려면 이제 그만 여길 떠나야 할 것 같구나."

어떤 생각을 할지는
내가 결정할 수 있다

우리는 한동안 마리가 새로 사귄 친구들과 가족에 관

한 이야기를 나누었다. 그리고 좀 지나서 마리가 물었다.

"우리는 사실 우리 생각을 바꿀 수 있어요. 그렇죠, 엄마? 그럴 수 있다면 우리 머릿속 원숭이 문제에 꽤 도움이 될 것 같아요."

"우리 딸이 엄마 생각을 읽은 것 같구나! 나도 방금 그 이야기를 하려고 했거든." 나는 놀라서 말했다.

"우리는 어떤 생각을 할 것인지 어느 정도 스스로 결정할 수 있단다. 또 예를 들어보자꾸나. 내가 이제 짧은 이야기를 하나 해줄 텐데 네가 그 이야기 속에 들어가 있다고 상상해 봐. 그러니까 내가 어떤 집을 하나 소개해 줄 거야. 너는 그 집을 보면서 휴가 때 머물 숙소로 어떨까 생각하면서 들어봐. 준비됐니?"

"네, 교수님, 준비됐어요!" 딸이 웃으며 말했다.

"이제 내가 설명할 이 집은 사람들이 '언덕 위의 집'이라고 불러. 말 그대로 언덕 위에 있고 아래로는 멋진 계곡이 펼쳐지고 내부도 아주 고급스럽게 장식되어 있어. 일단 이 집에 도착하면 현관문 오른쪽 벽에 열쇠를 넣어두는 상자가 달려 있으니 거기서 열쇠를 꺼내면 돼. 문을 열고 들어가면 꽤 큰 공간이 하나 나오는데 그곳에 신발, 외투, 가방, 자동차 열쇠 같은 걸 둘 수 있어. 1층에는 널찍한 거실과 주방이 있어. 주방을 거치면 차양이 달린 테라스가 나와. 널찍한 문들을 밀어서 열어두면 적당히 시원한 바람을 즐길 수 있어. 거실은 아름다운 19세기 그림들과 예술 작품들로 장식되어 있어. 1층에는 큰 침실도 하나 있는데 널찍한 더블베드에 욕실도 딸려 있어. 욕실에는 큰 창문이 있어서 환기가 잘 돼. 욕실만 빼고 1층은 다 윤기 나는 나무 바닥이야. 거실은 주차장으로도 이어지는데 거기에는 차가 두 대 주차해 있어. 이 집은 외딴곳에 3만 제곱미터 땅에 지어진 집이야. 주변에 이웃이라곤 없지. 거대한 정원에는 사과나무, 호두나무 같은 다양한 나무들이 있고 한쪽에는 라즈베리도 있어. 원하면 따먹어도 좋아! 정원에는 큰 헛간도 있는데 그 안에는 탁구대와 최신 전기 자전거가 네 대나 놓여있어. 주변을 탐색하는 데 아주 좋겠지. 그런데 헛간은 여름에 굉장히 뜨거워질 수 있으니 밤에는 창문을 열어서 열기를 식혀야 한다고 해. 마지막으로 뒤꼍에는 수영장이 있어. 집 앞에서는 보이지 않지. 2층에는 큰 침실이 네 개 있고 욕실이 두 개 있어. 침실은 모두 멋진 산들이 파노라마처럼 펼쳐지는 전경을 자랑하지."

나는 열정을 다해 그 집을 묘사한 후 물었다.

"어때?"

"와! 전 무슨 일이 있어도 그 집에서 묵겠어요! 굉장히 큰 집이고 산으로 둘러싸인 전망도 멋지니까요. 게다가 저는 과일을 따서 먹는 것도 너무 좋아하잖아요. 당장 수영장에 뛰어들고 싶고요. 그런데 이 이야기가 우리 머릿속 원숭이의 생각을 바꾸는 것하고 무슨 상관이 있는 거예요?"

"잘 들어봐! 우리는 어떤 생각에 주의를 기울일 것인지 어느 정도 스스로 결정할 수 있어. 휴가를 보낼 집을 찾으면서 내 이야기를 열심히 들었을 때 너는 네 생각 네트워크의 특정 부분에 주의를 보내면서 그 부분을 활성화했어. 그 특정 부분을 받아들였다고 할 수도 있어. 네 원숭이는 네가 숙소를 고를 때 좋아하는 것과 너에게 중요한 것이 무엇인지 잘 알지."

"그러니까 제 원숭이가 숙소를 찾는 저에게 맞는 정보를 찾아냈군요!"

"바로 그거야. 네 원숭이는 너에게 맞는 정보를 열심

히 찾았어. 내가 수영장을 언급했을 때 네 원숭이는 소리를 질렀지. '와! 내가 원하는 거잖아!' 하고 말이야. 내가 이 집의 크기나 과일나무들을 언급했을 때도 비슷한 반응이 왔지. 내 원숭이였다면 전기 자전거에 흥분했을 거야. 그리고 주변에 이웃이 없다는 사실에도 기뻐했겠지." 내가 계속 말했다.

"우리는 모두 각자만의 뇌를 갖고 그 뇌에 맞는 것들을 뽑아서 듣고 본단다. 똑같은 이야기를 들었어도 원하는 것은 각자 다 다를 테니까."

"할머니라면 커다란 정원을 제일 먼저 기억했을 거예요. 할머니 개를 데리고 갈 수도 있으니까요." 마리가 말했다.

"맞아. 그럼 이제 네 생각을 아주 다른 곳으로 돌려보자꾸나. 이제 그 숙소에 대한 묘사를 다시 생각하되 이번에는 그곳에서 휴가를 보내는 것이 아니라 그 집에서 도둑질을 한다고 생각해 봐."

마리는 고개를 끄덕이며 집중했다.

"그래, 네 원숭이가 이번에는 뭐라고 했어?" 잠시 후 내가 궁금해하며 물었다.

"다 기억할 수 있을지 모르겠는데 이번에는 제 원숭이가 수영장이나 과일나무에 환호성을 지르지는 않은 것 같네요. 대신에 비싼 그림과 조각품을 넌지시 언급한 것 같고요." 마리는 잠시 멈춘 다음 다시 말했다.

"최신식 전기 자전거에도 흥분했어요."

"그렇구나. 하지만 이 집에는 도둑이 눈여겨볼 만한 다른 조건들도 많을 것 같은데?"

우리는 잠시 생각에 골몰했다.

"내가 도둑이라면 내 원숭이는 1층 욕실의 열린 창문이나 거실과 차고로 곧장 이어지는 문들에 주목했을 것 같아. 그리고 환기 때문에 밤에 헛간 문을 열어두라고 했으니 그 최신 전기 자동차를 밤에 훔치는 게 좋겠다고 생각했겠지. 그리고 근처에 경찰에 신고해 줄 이웃이 없다는 점도 좋아할 것 같고 말이야!"

"아이참, 엄마, 그런 것들은 저는 생각도 못 했어요!"

"물론 그랬겠지." 내가 대답했다.

"우리 뇌의 생각을 우리 스스로 어느 정도 조절할 수 있다는 말이 바로 이런 의미란다. 휴가를 보낼 숙소를 보고 있다고 생각할 때는 그것에 맞는 생각이 활성화되지. 네가 만약에 노인이라면 1층에 침실이 있으니 매일 밤 자러 2층에 올라가지 않아도 되겠다고 생각했을 수도 있어. 자기만의 관점이 특정 정보만 기억하게 하고 그 관점에 맞지 않는 정보는 걸러버리지. 임신한 여자한테는 어디를 가든 유모차와 아기만 보이는 것도 바로 그런 이유에서란다."

"배고프면 먹을 것만 보이는 것도 그래서 그런 거고요." 마리가 웃으며 말했다.

나는 마리에게 이해할 시간을 주려고 잠시 아무 말도 하지 않았다.

"하지만 우리는 도둑도 아니고 숙소를 구하고 있지도 않아요." 딸이 말했다.

"우리의 일상을 예로 설명해 주세요."

나는 웃으며 원한다면 그렇게 해주겠다는 표정으로 이렇게 말했다.

"예를 들어 일상에서는 문제에 대해 말하는 것이 문제를 부르게 된단다. 그리고 해결책에 대해 말할 때 해결책이 생기게 되지."

나는 딸의 옆구리를 슬쩍 찔렀다. 딸은 튕겨 나가는

시늉을 한 뒤 내 말을 반복했다.

“문제에 대해 말하는 것이 문제를 부른다. 그리고 해결책에 대해 말할 때 해결책이 생긴다. 음, 좀 더 설명해 주셔야 할 것 같아요.”

“힘든 상황에 있을 때 힘들다고만 생각하면 어떻게 되겠니? 무엇을 보고 듣게 되겠니? 그리고 어떤 일들이 떠오를까?” 내가 직접적으로 질문했다.

“아! 그럼 나를 힘들게 할 것들만 보고 듣고 떠올리게 돼요!”

“그리고 잘될 거라는 생각으로 접근한다면?”

“그럼 좋게 될 것들을 보고 듣고 떠올려요!” 마리가 툭 던지듯 말했다.

“그렇다고 일어날 수도 있는 문제들을 무시하라는 뜻은 아니란다. 단지 아직 아무 일도 일어나지 않았는데 문제들이 일어날 거라고 전제한다면 좋지 않다는 거지. 일어날 수도 있는 문제를 머릿속으로 생각할 때 그 즉시 그 문제가 일으킬 부정적인 감정이 활성화된단다. 그리고 그 부정적인 감정이 문제가 일어나기도 전에 정신적인 에너지를 빼앗아 버리지!”

"그 점은 좀 생각해 봐야겠어요." 마리는 조금 빨리 앞서 걷기 시작했다.

변연계, 생각이 감정을 만들고 감정이 삶을 가꾼다

우리는 글렌달록 수도원 유적지 방향으로 계속 걸었다. 첫날 일정이 거의 끝나가고 있었다. 지난 몇 주 동안의 스트레스가 봄볕의 눈처럼 녹은 듯 매우 만족스러운 하루였다.

"그런 식의 활성화는 사람들 사이의 관계에도 영향을 준단다. 우리에게 중요한 사람에 대해 어떤 생각을 갖느냐가 그 관계의 질에 큰 영향을 주지." 한참을 말없이 나란히 걷다가 내가 말했다.

"사람은 누구나 싫은 사람 한 명쯤은 있지. 너도 그렇고 나도 그렇고 모두가 그래. 수년 전 나는 싫은 동료와 함께 일해야 했는데 그때 안 좋은 경험을 많이 했어."

"어떤 경험요?" 마리가 궁금해했다.

"기본적으로 우리는 성격이 서로 아주 달랐어. 나는 그녀가 너무 나서는 스타일이고 나한테 공정하지 않다고 생각했지. 회의 때 내 말을 자르고 둘이 맡은 공동 프로젝트에 대해 내가 발표할 때 중간에 끝내버린 적도 많았어. 그리고 마지막에는 둘이 같이 한 일을 혼자 한 일처럼 모든 공로를 가져갔지. 내 머릿속에서 그 여자는 부정적인 생각과 그다지 아름답지 않은 감정들과 연결되어 있었어. 그 여자에 대해 생각하는 것만으로도 기분이 나빠졌지. 그리고 그 여자로부터 이메일을 받으면 바로 스트레스를 받았어. 내 원숭이가 경보 태세에 들어가는 거야. '이 여자 또 뭘로 나를 화나게 하려는 거지?' 하면서 말이야. 바로 그런 생각으로 이메일을 열곤 했어."

"알겠어요. 엄마는 그 여자와 무슨 일을 해야 할 때마다 경보 태세에 들어갔다는 거죠?"

마리가 콕 집어서 말하고는 물었다.

"그래서 어떻게 했어요?"

"어느 순간 문제가 저절로 해결됐어. 그 여자가 다른 도시로 가버렸거든." 내가 대답했다.

"하지만 정말 재미있는 건 말이야. 그 몇 년 후 우리가 우연히 어떤 모임에서 다시 만났고 아주 마음이 따뜻해지는 대화를 나누었다는 거야. 그때 나는 생각했지. '이렇게 총명하고 재미있는 사람인 줄 왜 몰랐지?' 하고 말이야."

마리가 윙크하며 말했다.

"숙소를 찾는 사람의 시각이 아니라 도둑의 시각으로 그분을 봤으니까 그런 거죠."

나는 웃음이 터져 나왔다.

"인정하고 싶진 않지만 정말 그랬지. 참, 기억할지 모르겠지만 네가 아주 어렸을 때 그때 그 상황에 대해 너와 이야기를 나눈 적이 있단다."

마리는 기억 안 난다는 듯 고개를 저었다.

"아뇨. 정말 기억 안 나요."

"말했듯이 네가 정말 어렸을 때야. 아마 네 살쯤? 너를 막 유치원에서 데리고 나왔을 때였어. 일단 우리는 말없이 걸었지. 그러다 이런 대화를 나눴어. 네가 나한테 물었지.

'엄마, 왜 그래요? 화난 사람 같아요.'

'같이 일하는 어떤 아줌마에 대해 생각했어. 마리야,

내가 비밀 하나 말해줄까? 엄마는 그 아줌마가 싫어.'

'왜 싫은데요?'

나는 네가 알아듣기 쉽게 설명했어.

'나보고 일을 못한다고 했거든. 그래서 내가 화난 사람 같은 표정을 지은 거란다. 아가야.' 나는 어깨를 으쓱하며 말했지. 그런데 네가 단호하게 이러는 거야.

'하지만 엄마! 엄마는 일을 언제나 잘하잖아요!'

나는 웃을 수밖에 없었지. 네가 어찌나 사랑스럽던지. 그렇게 말하고 잠깐 조용한가 싶더니 네가 또 진지한 목소리로 말했지.

'엄마, 그냥 엄마가 좋아하는 사람을 생각해요!'라고 말이야."

마리가 씩 웃더니 말했다.

"제가 정말 그랬다고요? 기억 안 나요."

"나는 아주 잘 기억하고 있단다. 그건 아주 감동이었으니까. 그리고 너의 그 말에 나는 웃었고 더 이상 화도 나지 않았으니까. 게다가 그건 정말 놀랍도록 간단한 해결책이었지."

나는 잠시 멈춰 배낭에서 물병을 꺼냈다.

"그 말은 좋지 않은 사건을 생각하면 기분이 나빠진다는 뜻이에요? 좋았던 일과 좋은 사람을 생각하면 기분이 좋아진다는 뜻이고요?" 마리가 좀 긴가민가하며 물었다.

"우리 머릿속의 생각 네트워크는 매우 복잡해서 부정적인 감정과 연결된 생각도 있고 긍정적인 감정과 연결된 생각도 있고 부정적이지도 긍정적이지도 않은 감정과 연결된 생각도 있어." 내가 계속 설명했다.

"아까 말했듯이 사람에게는 누구나 그렇게 좋아하지 않는 사람이 있지. 그런 사람을 생각하는 것만으로도 마음이 불편해질 수 있단다. 하지만 다행히도 사랑하는 사람이나 그냥 좋았던 일을 떠올리는 것만으로도 행복해질 수 있어. 그 사람 혹은 그 일과 연결된 좋았던 느낌을 다시 또 경험하는 거지. 한번 해볼래?" 내가 적극적으로 권했다.

"네, 해보고 싶어요!"

나는 딸의 손을 잡고 말했다.

"1분 정도 눈을 감고 가만히 있어 보자. 그리고 네가 800미터 달리기 결승선을 통과했던 때로 돌아가 보자.

그 모습이 떠오르니?"

"네." 마리가 흥분한 목소리로 말했다.

"기분이 어때?" 내가 이어 물었다.

마리는 잠깐 생각하더니 말했다.

"너무 벅차요."

나는 잠깐 눈을 뜨고 마리를 보았다. 마리는 아주 흥분한 채 서 있었고 한껏 웃고 있었다.

"날개를 달고 있는 것 같아요." 마리가 계속 말했다.

"에너지가 넘쳐요." 그렇게 말하고 마리는 눈을 떠 나를 보았다.

"좋았던 일을 떠올리기만 해도 그때 기분을 다시 느낄 수 있다는 것 이제 알겠지?! 그 일이 진짜 벌어졌던 그 순간만큼 생생하지는 않아도 분명 그때 그 기분을 느낄 수 있어. 그렇지?"

"네, 맞아요! 갑자기 당장 훈련받고 싶어요. 다음 시합을 위해서요." 마리가 열정적으로 말했다.

"아이고 우리 딸, 참 멋지구나! 어쨌든 여기서 한 가지만 확실히 해두자꾸나. 생각으로 감정을 만들 수 있다는 것 말이야. 그러니까 생각을 잘 다룰 줄 알면 감정도 잘 다룰 줄 알게 되지. 그리고 감정은 삶의 질을 높이는데 중요한 역할을 한단다. 그리고 감정이 결국에는 운명을 바꿀 수도 있지."

나는 이 말이 중요하단 걸 알려주려고 잠시 침묵했다. 마리는 모르겠다는 듯 어깨를 으쓱하며 말했다.

"하지만 어떻게 생각을 잘 다룰 수 있어요?"

"그건 다음 구간에서 말해줄게."

생각 버튼을 끄고 싶다면, 편도체와 해마

바로 그때 저 멀리서 오래된 수도원 유적지의 모습이 보였다. 6세기에 성 케빈이 지었으며 아일랜드 초기 기독교에서 가장 중요한 중심지가 된 수도원이다. 사실 아일랜드의 이 성인은 속세에서 벗어나 자연과 합일하여 살기 위해 성스러운 장소를 찾아 수도원을 지은 것이다. 하지만 두 호수 사이의 계곡이라는 독특한 위치 때문에 지금처럼 그때도 사람들의 방문이 잦았다. 이제 우리는 한 시간이면 유적지에 도착해 식당에서 편안하게 저녁을 먹을 것이다. 마리는 작은 돌을 하나 주워 들더니 주머니에 넣었다. 어릴 때부터 버리지 못하는 습관이다.

"엄마, 그거 아세요?" 마리가 갑자기 말했다.

"가끔 저는 그냥 생각 버튼을 꺼버렸으면 좋겠어요. 솔직히 말해 뭔가 힘들거나 걱정거리가 있을 때는 좋았던 때를 아무리 기억해도 소용없는 것 같아요. 제 머릿속의 이 원숭이를 그냥 어떻게든 추방하고 생각 없이 초연하게 살 수는 없는 거예요?"

나는 마리를 보고 조용히 웃었다. 나도 오랫동안 자주 했던 질문이다. 우리 뇌에 재설정 버튼이 있어서 그 버튼을 누를 때마다 고요한 마음으로 가는 길이 열린다면 얼마나 좋을까 하고 말이다.

"그 질문, 마음에 들어." 내가 대답했다.

"하지만 그 질문에 대답하기 전에 먼저 감정이 어떻게 기억에 도움이 되는지부터 설명할게."

"아, 맞아요. 그거 깜빡하고 있었네요." 마리가 생각났다는 듯 말했다.

"너무 돌아온 것 같은데 무슨 말을 하다가 그 이야기

가 나왔지?"

"뇌의 '그 부분'을 설명하다가요. 그 왜 감각기관으로부터 오는 정보를 피질로 보내느냐 마느냐 결정한다는 그 부분요."

"아, 맞다. 시상 말이지. 그리고 피질 안쪽에 있는 변연계가 우리의 감정생활에 중요한 역할을 한다고 했지. 우리 뇌에서 시상은 감각계의 신경 중추라고도 하지. 이 시상에 우리가 보고 듣고 느끼고 맛보고 냄새 맡아서 얻은 모든 정보가 도착한단다. 시상에서 선택 과정을 거치면 우리가 처리해야 할 정보와 그렇지 않은 정보가 정해지지. 그리고 아까 우리는 감각을 선별해 의식적으로 주의를 기울일 수 있다는 것도 봤지. 귀에 주의를 기울이면 소리를 의식하고 눈에 기울이면 장면을 의식하지. 대개 이런 과정은 자동적으로 일어나고 우리는 시상이 적절하다고 인정하는 정보를 처리하지. 그런데 그렇게 특정 감각에 주의를 적극적으로 보낼 수 있기 때문에 우리는 우리의 감각 경험에 영향을 줄 수도 있어."

"그리고 감정도요?"

"맞아. 우리 안에 감정을 불러낼 수 있다는 것은 감정에 영향을 줄 수도 있다는 뜻이지. 최소한 어느 정도는 말이야."

"우리 머릿속에서 그 모든 일이 다 일어나고 있다니, 정말 흥미진진해요. 이런 건 생각한 적도 들어본 적도 없어요." 마리가 강조하며 말했다.

딸이 정말 흥미를 보여서 나는 기뻤고 신이 났다.

"그렇다면 아까 그 작은 실험으로 돌아가 보자꾸나. 관점이 얼마나 중요한지 보여준 그 실험 말이야. 우리가 뭔가 좋은 것을 고대할 때 우리 뇌는 무엇보다 그 좋은 것을 보고 인식할 가능성이 높아져. 우리의 관점이 먼저 우리가 보는 것을 조종하고 그다음 그것을 의식하게 하지. 그런데 인생의 부정적인 측면에 집중하면 뇌가 그 부정적인 측면만 의식하고 그럼 우리는 또 부정적인 점들만 기억하게 돼.

하지만 때로는 감정이 그냥 일어나기도 하지. 이런 일은 어떻게 막을 수가 없어. 그래도 생각과 행동으로 그 강도와 힘에 영향을 줄 수는 있어. 이걸 더 자세히 설명하기 전에 변연계의 다른 구조들에 대해서도 좀 말해주고 싶구나. 예를 들어 시상하부라는 게 있어. 이

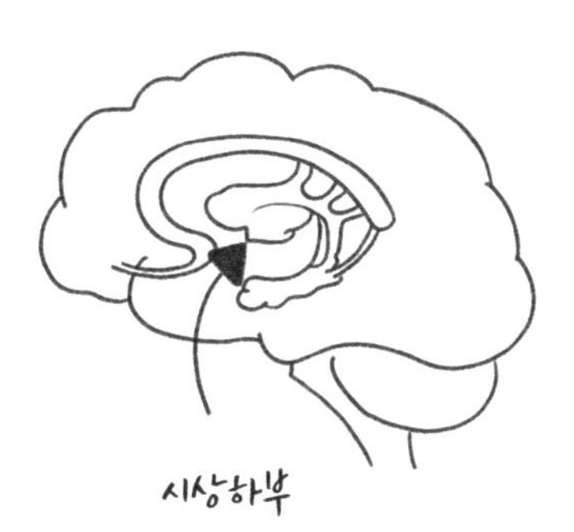

건……."

"엄마, 먼저 물 좀 마시고요."

마리가 내 강의를 끊으며 말했다.

"한꺼번에 너무 많은 정보가 들어오고 있다니까요."

마리는 배낭을 뒤져 물병을 꺼낸 다음 길게 한 모금 마셨다. 그러고는 웃으며 말했다.

"네, 이제 계속 강연해 주시죠."

내가 옆구리를 간지럽히자 딸은 깔깔대며 말했다.

"엄마가 엄마 전공에 대해 열심히 말할 때가 난 정말 좋다고요. 그리고 정말 흥미진진한 주제고요!"

그렇게 말하며 딸은 내 볼에 입을 맞추었다. 딸로부터 받는 뽀뽀 선물보다 더 좋은 게 있겠는가!

"우리 딸의 뽀뽀를 받으니 힘이 번쩍 나네!"

정말 그랬다.

"그럼 다시 시상하부로 돌아와서, 시상하부는 우리 몸의 기능을 조절하고 인간의 감정생활에서 중요한 역할을 하지."

"몸의 기능이라면……?" 내가 말을 꺼내기가 무섭게 마리가 물었다.

"아까 네가 그랬지. 800미터 달리기를 하기 전에 긴장했었다고. 그걸 어떻게 알았어?"

마리는 이마를 찡그리고 눈을 꼭 감았다. 몇 줄기의 햇살이 거대한 구름 탑 사이를 비집고 나와 우리가 가는 길을 따뜻하게 밝혀주었다. 마리는 기억을 더듬는 것 같았다.

"당연히 이제 곧 달려야 할 것을 알았고 그래서 긴장이 됐죠."

"그러니까 달리기 할 생각이 너를 긴장하게 만든 거네. 그럼 네 몸은 어떻게 반응했지?"

"심장이 뛰었고, 땀이 났고, 위장도 어쩐지 조금 거북했던 것 같아요. 달리기 전에는 아무것도 먹을 수 없었고요." 마리가 기억을 더듬으며 말했다.

"감정이란 참 복잡한 현상이란다. 이 경우 우리의 생각이나 해석이 긴장감을 불러일으켰지. 그리고 그 긴장감이 빨라지거나 느려지는 심장 박동 또는 소화 기관의 활동이 느려지는 것 같은 육체적인 변화를 일으키지. 그리고 식욕이 사라지게도 하지. 대개 땀샘이 땀을 더 많이 분비하고 입이 마르게 되지. 얼굴이 아주 창백해지거나 반대로 붉어지는 사람도 많고."

"그런 육체적 현상들이 다 시상하부에 의해 조종되는 거예요?" 마리가 숨을 크게 들이마시며 말했다.

"하지만 이상하지 않아요? 우리 몸은 왜 그렇게 강하게 반응하는 거예요? 그냥 달리기일 뿐이잖아요."

"수천 년 전 우리 조상들은 위험을 피해 빨리 달려야 할 때가 많았어."

"예를 들어 야생동물한테 쫓길 때요?"

"맞아, 바로 그거야. 사실 우리 몸은 살아남기 위해 이렇게 바뀌어야 했어. 위험한 짐승이 보이는 즉시 뇌는 우리에게 도주-싸움-경직 반응을 활성화했어. 다시 말해, 도망갈 수 있으면 도망가고 아니면 그 짐승과 싸우고 그것도 아니면 꼼짝 말고 가만히 있는 것으로 자신을 보호하라고 명령했지."

마리는 고개를 끄덕이며 들었고 나는 계속 설명했다.

"우리 뇌는 맥박을 올리고 소화 운동을 저지하고 땀 분비를 명령하면서 우리 몸을 싸우거나 도망가기에 적합한 상태로 준비시켜. 그리고 에너지를 절약하지. 소화기관으로 가던 피가 근육으로 이동하고 갑자기 분비된 땀은 우리 피부에 탄력을 줘서 쉽게 상처 입지 않게 도와줘. 무엇보다 손이 축축하면 몸이 지나치게 뜨거워지는 걸 방지할 수 있어. 그리고 터널에 들어갈 때처럼 대개 동공도 확장되는데 눈앞의 위험에 집중하기 위해서지. 너도 알다시피 이런 육체적 변화는 다 싸우거나 도망가는 데 실제로 아주 중요하단다. 그렇게 싸우거나 도망갈 수 있었으니까 인류가 지금까지 번성하며 살아있는 거고."

마리는 고개를 다시 몇 번이고 끄덕이면서 내 설명을 곱씹었다.

"하지만 저는 왜 그런 육체적 변화를 달리기 전에 겪은 거예요? 달리기는 위험한 게 아니잖아요?" 마리는 진짜 모르겠다는 듯 물었다.

"물론 그렇지. 하지만 네 원숭이는 그 달리기를 뭔가 중요한 것으로 해석했어. 외부의 무엇으로부터 네가 도전받았다고 해석한 거야. 그것이 편도체를 활성화했고 그래서 네가 느낀 육체적 변화가 일어난 거야. 맥박이 뛰고 소화 활동이 느려지고 땀이 나고 등등. 참고로 너는 그 상황에서도 그것이 정말 위험한 상황은 아님을 알아차렸지. 그래서 스트레스 반응을 어느 정도 줄일 수 있었던 거야."

"편도체라고요? 그게 뭔데요?" 마리가 물었다.

"변연계 속에 있는 또 하나의 조직이야." 내가 설명했다.

"편도체는 우리가 어떤 경험을 할 때 감정을 불러일으키는 역할을 해. 그리고 감정 기억들을 생성하는 데도 중요한 역할을 하지."

"예를 들어 제가 아주 흥분했던 그 연극 공연처럼요?" 마리가 물었다.

"그거 아주 좋은 예구나. 맞아. 감정적인 사건들을 우

리는 제일 잘 기억하지. 바로 편도체가 기억 생성에 중요한 역할을 하는 또 다른 조직인 해마와 함께 협동한 결과지." 내가 설명했다.

마리가 내 말을 막으며 말했다.

"푸후, 엄마. 이름이 정말 어려워요. 그 조직들 다 기억 못 할 것 같아요!"

"기억 안 해도 돼. 이름은 전혀 중요하지도 않고 말이야. 주의해서 듣기만 하면 중요한 건 꼭 기억하게 될 거야." 나는 딸의 걱정을 덜어주었다.

우리는 마리가 그 모든 정보를 어느 정도 소화할 수 있게 한동안 말없이 나란히 걸었다. 그러는 동안 마리는 몇 번 머리를 천천히 돌리기도 했다. 생각을 정리하려는 듯이. 그리고 이어질 정보 교환을 위해 집중력을 높이려는 듯이.

"해마는 그리스어에서 나왔는데 말 그대로 바다에 사는 그 해마에서 따온 이름이란다." 내가 이어서 설명했다.

"변연계를 들여다보면 편도체와 해마가 나란히 있는 게 보인단다. 예를 들어 연극에서 주인공을 연기한다고 해보자. 이때 편도체가 활성화되면 우리 뇌는 이 사건이 감정적으로 의미 있음을 확신하지. 그리고 편도체의 활성화는 다시 해마를 활성화하고 그럼 해마는 우리가 그 사건을 기억하는 데 도움을 줘." 내가 설명했다.

"이해했어요!" 마리가 고개를 끄덕였다.

"무엇보다 두려움이나 무서움 같은 감정들이 편도체와 해마의 긴밀한 협력으로 우리 기억 속에 강하게 남게 되지." 내가 덧붙였다.

"뱀 같은 야생동물과 마주쳤을 때처럼요?" 마리가 물었다.

"편도체는 모든 감정적인 사건에 관계하지만, 무엇보다 두려움과 스트레스에 크게 반응하지. 상상해 봐. 숲 속을 걷고 있는데 갑자기 수풀에서 쉭쉭거리는 소리가 들려. 너는 천천히 걸어. 하지만 그게 뭔지도 알기 전에 뱀이 네 다리를 물어. 그럼 어떻게 할래?"

"비명을 질러요?" 마리는 어깨를 으쓱하며 말했다.

"어쩌면. 하지만 그 상황을 이해하기도 전에 네 편도체는 활성화되고 네 몸은 즉시 싸움-도주-경직 상태에 빠질 거야. 너는 아마도 도망치겠지. 더 중요한 것은 네 해마가 아주 활성화되어서 너는 그 사건을 아주 끔찍한 경험으로 기억하게 된다는 거야. 그 말은 곧 네가 뱀을 아주 무서워하게 될 수도 있다는 거지."

"분명히 그럴 거에요! 뱀은 진짜 섬뜩하거든요." 마리가 확신하는 투로 말했다.

"뇌가 그 모든 일이 일어나게 하는 데 얼마나 걸릴 것 같아?"

"몇 초?"

"더 빠를 수도 있어! 그리고 그런 경험이 공포증으로 발전할 수도 있지. 뱀이 위험함을 너무 직접적으로 배웠기 때문에 네 머릿속 원숭이가 뱀을 생각만 해도 공포에 빠지게 되는 거지. 그럼 원숭이는 정신없이 비명을 지르고 으르렁대곤 해. 뱀에 대해 생각하는 것만으로도 싸움-도주-경직 과정이 즉각적으로 일어나고 그럼 너는 땀을 흘리고 뱃속이 이상하고 심장이 뛰지."

마리는 좀 생각하더니 말했다.

"생각 없애는 법을 빨리 알고 싶어요. 엄마의 말을 들을수록 우리 생각의 힘이 정말 막강한 거 같아요. 우리 감정과 우리 인생의 질을 좌지우지하니까요. 그리고 가끔은 제 머릿속에 원숭이 한 마리가 아니라 큰 동물원이 들어앉아 있는 것 같거든요."

원숭이는 언제나 묻는다, "네가?"라고

어느덧 우리는 수도원 구역에 도착했다. 나는 걷는 동안 느꼈던 어느 정도의 긴장감마저 풀리는 듯했고 다리를 좀 쉬게 해줄 수 있어서 기뻤다. 그리고 이 지방 음식을 하는 맛집으로 평이 자자한 식당에서 저녁을 먹을 생각에 또 더 기뻤다.

"우리 오늘 같은 길을 걸어왔나 봐요. 그렇죠?"

갑자기 뒤에서 스페인 억양의 약간 쉰 듯한 목소리가 들려왔다. 돌아보니 골든 리트리버와 함께 만났던 그 아주머니였다.

나는 아주머니에게 미소를 지어 보였고 마리는 개에게서 눈을 떼지 못하면서도 상냥하게 인사했다.

"날씨가 정말 좋지 않아요?"

아주머니는 감탄하듯 말했다.

"아일랜드에서는 하루에 최소 다섯 번 이상 비가 온다는 말을 들어서 비옷이랑 따뜻한 옷을 단단히 준비해서 왔는데 말이에요."

아주머니는 산소처럼 맑은 웃음으로 말하고는 곧 개와 함께 가던 길을 갔다. 우리는 손을 흔들어 배웅했다.

이제 바람도 멈췄고 하늘에도 구름 한 점 없다. 우리는 배낭을 바닥에 내려놓고 주저앉았다. 신발과 양말도 벗어 던지고 맨발로 차가운 풀의 감촉을 느꼈다. 그러자 행복감이 밀려왔다. 나는 숨을 깊이 들이쉬고 내쉬었

다. '이보다 더 좋을 수가 있나!'

"풀이 참 부드럽고 포근해요."

마리가 좋아하며 벌떡 일어섰다. 그리고 막 달리더니 재주넘기를 했다.

"엄마도 이거 할 수 있어요?"

"지금 엄마를 도발하는 거냐? 건방진 딸 같으니라고." 내가 웃으며 말했다.

"할 수 없어요? 한번 해봐요!"

내 머릿속 원숭이가 그 즉시 나에게 물었다. 재주넘기를 하기에는 너무 늙지 않았느냐고, 그리고 할 수나 있겠냐고, 혹은 사람들이 다 쳐다보지 않겠느냐고. 하지만 더 깊은 곳의 내가 또 물었다. 그냥 해보면 재미있지 않겠느냐고. 마리의 기쁨이 나에게도 한껏 전달된 것 같았다. 그래서 나는 일어났다. 처음에는 소심하게 달렸지만 금방 빠르게 달리다가 재주넘기를 했다.

"오, 괜찮은데요! 다리만 좀 똑바로 펴면요." 마리가 웃으며 말했다.

자신감에 차 나는 그 즉시 한 번 더 뛰었다. 그리고 뛰고 또 뛰었다. 멈출 수가 없었다. 그것도 글렌달록의 무너진 수도원 유적지 바로 옆에서 말이다.

이윽고 내 원숭이도 나를 부추겼다. 나는 깔깔 웃고 행복해하며 풀 위로 풀썩 드러누웠다. 위클로 길 첫날의 마무리로 그보다 더 좋을 수는 없었다.

2부

뇌를 이해하면 나와 세상과 싸우지 않는다 :
원숭이의 은밀한 속삭임

"마리아. 우리는 절대 혼자가 아니란다.
늘 자기 자신과 함께이니까 말이야.
너 자신이 하는 말을 잘 들으면 네 주변의 우주 혹은 자연이
완벽한 가이드가 되어줄 테니 길을 잃을 염려는 없단다."

뇌는 어떻게 나를 만드는가

스탠퍼드 마시멜로 실험과 자기조절 능력

"이 오믈렛 다 못 먹을 것 같아." 앞에 놓인 거대한 접시를 보고 내가 말했다.

"정말 엄청난 양이야."

"분명히 엄청 뚱뚱한 닭이 낳은 달걀일 거예요." 마리가 웃으며 말했다.

어제저녁 신나게 놀고 나서 우리는 라라그에 있는 현지인들이 가는 식당에서 맛있는 저녁을 먹고 일찌감치

잠자리에 들었다. 오래 걷고 신선한 공기를 많이 마신 덕분에 우리는 한 번도 깨지 않고 잘 잤다. 이제 마리와 나는 숙소 식당에 있는 작은 나무 테이블에 서로 마주 보며 앉았다. 오늘 우리는 스카 산을 지나 라운드우드까지 갈 예정이다. 가이드북에는 기본적인 체력이 되고 돌길에 발을 삐지만 않으면 무난하게 갈 수 있는, 난이도 중간 정도의 루트라고 나와있다. 그래도 갈 길이 머니 아일랜드식 푸짐한 아침을 든든하게 먹어두면 좋을 것 같았다.

30분 뒤 우리는 배낭을 메고 다시 길을 나섰다. 내가 마리에게 장난치듯 물었다.

"아가씨, 오늘 배우고 싶은 과학 지식이 있나요?"

"지금 어제 배운 것도 소화하느라 바빠요. 엄마가 어제 우리 뇌 속에 있는 원숭이에 관해 설명하셨잖아요." 마리가 웃으며 말했다.

"그리고 변연계가 우리 감정과 기억에 중요한 역할을 한다는 것도요."

마리는 벌써 전문 용어를 쓰기 시작했다.

"아, 그리고 바네사에 대해서도요. 불행한 인생에서

헤어 나오지 못하다가 지금은 세계 여행 중이라고요."

마리는 어제 한 이야기를 다 잘 기억했다. 그리고 잠시 생각하더니 이어 말했다.

"이제 제 생각이 제 감정과 연결되어 있다는 건 잘 알겠어요. 그런데 어떻게 생각과 감정에 영향을 줄 수 있는지는 여전히 모르겠어요?"

마리가 궁금하다는 듯 나를 쳐다보았다. 나는 잠시 생각했다.

"우리는 분명 우리 생각과 감정에 영향을 줄 수 있단다. 이건 정말 우리가 가진 힘이지. 이걸로 최고 버전의 우리 자신이 될 수도 있으니까 말이야." 내가 확신에 찬 목소리로 말했다.

"일단 잠재력과 능력이 무엇을 의미하는지 좀 더 알아볼까?"

우리는 파독힐 기슭에 도착했고 파독힐의 어둠 속으로 올라가기 전에 잠깐 쉬기로 했다. 마리는 바지 주머니에서 색색의 줄무늬가 있는 얇은 천을 하나 꺼내더니 이마를 둘러 두건처럼 묶었다. 나는 물을 한 모금 마시고 나무들로 빽빽한 신비로운 파독힐의 입구를 들여다

보았다.

“그럼 가볼까?” 나는 여전히 긴 빨강 머리를 매만지고 있는 딸에게 활기차게 말했다.

이른 시각이었지만 마치 저녁 속으로 들어가는 것 같았다. 그만큼 나무가 빽빽했다. 서로 얽혀 자란 나뭇가지들의 모습도 심심찮게 보였다. 사방이 고요했고 거의 으스스하기까지 했다. 우리는 천천히 올라갔다. 전나무 이파리로 뒤덮인 바닥은 폭신했고 들리는 소리라곤 우리 발걸음 소리뿐이었다.

“내 생각에 능력은 방정식으로 설명할 수 있을 것 같아. 그러니까 네 잠재력에서 네 내면의 제동장치, 곧 브레이크만큼을 뺀 거지. 그 결과가 너와 다른 사람들이 볼 수 있는 네 능력이란다. 성과라고 할 수도 있고. 예를 들어 너의 달리기 기록, 프레젠테이션, 강의 보고서, 창의적인 아이디어 같은 것들 말이야. 네가 가진 잠재력은 네가 가진 재능, 힘, 노하우, 전문성 같은 것들을 말해. 너의 잠재력이 그대로 너의 능력이 되는 게 가장 이상적이지. 사람은 누구나 자기만의 훌륭한 잠재력을 갖고 있어. 너는 어떤 잠재력을 갖고 있는 것 같니?”

마리는 한참을 생각하더니 분명히 대답했다.

"저는 달리기를 잘하고 테니스도 잘 쳐요. 외국어를 꽤 빨리 배우는 편이고 노래도 정말 잘해요."

"그래, 맞아. 그것들이 네가 가진 잠재력이란다. 네 것이지. 누구도 그것을 너에게서 빼어갈 수는 없어. 이 점에 대해서는 어제 800미터 달리기 이야기하면서 잠깐 말했지?!"

마리는 고개를 끄덕였다.

"그런데 안타깝게도 그런 우리의 잠재력을 늘 발휘할 수 있는 건 아니란다. 내면에 제동장치 혹은 이른바 장애들이 있기 때문이지."

"그게 뭔데요?"

"이렇게 설명하면 네가 이해하기 더 쉬울 것 같구나. 예를 들어 노래라면 너는 대단한 잠재력과 재능을 갖고 있지. 매주 합창단에서 연습도 하고 있고 말이야. 이제 생각해 봐. 네가 혼자 집 부엌에서 노래하고 있어. 노래가 아주 잘 돼. 음이 딱딱 맞고 고음도 잘 올라가고 말이야. 너의 재능이 온전히 다 드러나지."

마리는 미소를 지었다.

"그다음 날 저녁 너는 파티에 갔어. 거기서 누군가 네가 노래를 잘하고 합창단에서 노래한다는 걸 알고 너에게 세레나데를 불러달라고 한다면 어떻겠어?"

"오, 그런 일은 상상도 하기 싫어요." 마리가 곧바로 대답했다.

"다른 사람 앞에서는 분명 제 능력을 다 발휘하지 못할 거예요. 아니 처음부터 부르지도 않겠어요!"

"왜? 네 잠재력을 잃어버려서? 아니면 집에 두고 가기라도 했니?"

"아뇨. 당연히 그런 건 아니지만." 마리가 멋쩍게 웃으며 말했다.

"아니면 왜?"

"왜냐면 떨리니까요. 너무 긴장할 테고 불안할 테니까요. 그럴 때 노래를 불렀다가는 다른 사람들이 다 비웃을 거예요. 그럼 얼마나 스트레스를 받겠어요?" 마리가 주장했다.

"맞아, 말하자면 네 머릿속의 원숭이가 너에게 이야기를 들려주는 거지. 네가 긴장하고 비웃음을 당하는 이야기 말이야. 내면에 브레이크를 거는 것은 이 원숭이,

곧 우리 안의 목소리란다."

"그 내면의 브레이크가 제 잠재력을 발휘하지 못하게 하는 거군요." 마리가 결론을 내리며 말했다.

"브레이크를 걸지 못하게 하려면 어떻게 해요?"

"아까 말한 방정식을 생각해 보렴. 잠재력에서 내면의 브레이크를 뺀 만큼이 네 능력이야. 일단 네 능력을 건강하고 자연스러운 방식으로 올려보는 게 좋겠지. 이 말은 네 잠재력을 계속 계발한다는 말이고 또 네 내면의 제동장치의 힘을 줄여간다는 뜻이지. 이걸 자기조절 능력이라고 해."

마리는 고개를 끄덕였다. 우리는 한동안 아무 말 없이 나란히 걸었다. 어느덧 우리는 나무가 빽빽한 언덕 중턱에서 벗어났다. 발밑으로 잔가지들이 쪼개지는 소리, 마른 전나무 이파리들이 바스러지는 소리를 들으며 우리는 계속 올라갔다. 그리고 마침내 다시 햇살이 비치는 정상에 이르렀다.

"자기조절이라고요?" 마리가 고개를 갸웃대며 물었다. 마치 다른 세상에서 있다 온 것처럼 도통 모르겠다는 표정이었다.

"그래, 누구에게나 자기조절 능력이 있어. 다시 말해 내면의 방해를 알아차리고 물리칠 수 있는 능력이지. 그런 식으로 잠재력을 발휘하고 언젠가는 최고 버전의 자신이 되는 거란다. 아니면 이렇게 말해볼까? 자기조절 능력이 우리 잠재력을 가능한 최고의 능력으로 바꿔준다고."

"자기조절 능력은 스스로 키울 수 있어요?"

"자기조절 능력은 인간 고유의 특성이란다. 사람은 누구나 자기조절 능력을 어느 정도 타고나지. 그리고, 그래, 다행히도 원한다면 이 능력을 키울 수도 있지. 자기조절 능력은 원래부터 학계에서 꽤 주목받던 연구 분야였는데 60년대 캘리포니아 스탠퍼드 대학의 월터 미셸 교수가 '마시멜로 실험'을 해서 그 관심이 한 번 더 깊어졌지."

"마시멜로요? 캠핑 가서 구워 먹는 스펀지같이 부드럽고 달콤한 그거 말이에요?" 마리가 물었다.

"맞아 그거. 네가 세 살 땐가? 너는 기억 안 나겠지만 우리도 너한테 마시멜로 실험을 했었단다."

마리는 믿을 수 없다는 듯 나를 바라봤다.

"아니 아니, 걱정하지 마. 너를 실험실 토끼 취급한 건 아니니까. 일단 이 실험에 대해서 설명해 볼게. 보통 네 살에서 일곱 살 아이들을 상대로 하는 실험이란다. 아이는 앉아서 마시멜로 하나가 놓인 접시를 받아. 연구원이 아이에게 그 마시멜로를 지금 먹지 않고 15분을 기다리면 마시멜로 하나를 더 받을 수 있다고 말해. 그러고는 아이를 그 방에 혼자 두지."

"헐! 너무 잔인한 실험이에요! 지금 당장의 작은 행복과 나중에 올 좀 더 큰 행복 사이에서 결정을 내려야 하는 거잖아요."

"맞아. 그리고 그건 어린아이들에게는 정말 쉬운 일이 아니지." 내가 강조했다.

"더 흥미로운 것은 실험이 끝나고도 오랜 세월 그 아이들을 관찰했다는 거야. 그렇게 해서 월터 미셸 교수와 그의 팀원들은 15분 동안 먹지 않고 기다린 아이들이 나중에 그렇지 않은 아이들보다 학교 성적이 더 좋고, 어른이 된 뒤에도 직업적인 능력이 더 우수하며, 더 건강한 생활 방식을 갖게 된다는 걸 알아냈지. 뒤이은 연구들에서도 자기조절 능력이 더 좋은 아이들이 인생에서 사적으로는 물론 직업적으로도 더 성공하는 경향이 증명되었단다. 참고로 또 다른 새로운 연구들을 보면, 인생에서 성공하느냐 마느냐는 자기조절 능력만이 아니라 그 아이들의 경제적 배경이 중요한 역할을 한다고 나타났어. 하지만 어쨌든 자기조절 능력이 삶의 질을 결정할 수도 있는 정말 중요한 능력이라는 사실은 변하지 않는단다."

"그럼 제 실험 결과는 어땠나요?" 이제 궁금하다는 듯 마리가 물었다.

나는 미소를 지었다.

"나는 마시멜로가 아니라 막대과자를 썼단다. 너 그거 어릴 때 정말 좋아했잖니."

"네, 그건 기억해요!"

"내가 너에게 막대과자를 주고 나중에 먹으라고 했지. 그러고 나서 산책하러 나가려고 아기였던 루이즈를 유모차에 태웠어. 너에게는 잘 기다리면 이따가 문밖에서 막대과자를 한 개 더 주겠다고 했지."

"그래서 저는 잘 기다렸나요?"

"너는 우리 모두 나갈 준비를 마칠 때까지 얌전히 잘

기다렸단다. 그리고 우리가 모두 문밖으로 나섰을 때 나는 너한테 약속대로 막대과자를 하나 더 주었지. 루이즈가 자꾸 울어서 난 좀 정신이 없었어. 그래서 산책을 반쯤 하고 나서야 네가 막대과자 두 개를 그때까지도 먹지 않고 손에 꼭 쥐고 있는 걸 보았지."

"엄마! 진짜요?" 마리가 웃으며 소리쳤다.

나도 같이 웃었다. 그리고 이야기를 계속했다.

"나는 당연히 그 즉시 먹으라고 했고, 그러자 너는 행복하게 먹었지."

"와, 저는 참을성만큼은 킹왕짱이었네요. 참 루이즈는 어땠어요? 루이즈한테도 똑같은 실험을 했어요?"

"흠, 그게 말이다. 해보려고는 했지."

루이즈와 내가 식탁에 앉았던 그 장면을 떠올리니 웃지 않을 수 없었다.

"그러니까 내가 말을 끝내기도 전에 막대과자는 사라지고 없었어."

마리는 웃음을 터뜨렸고 나도 마찬가지였다.

전두엽,
인간 정신의 배터리

우리는 스카 산 기슭에 도달했다. 그보다 아름다울 수 없는 태양 빛에 주변이 온통 반짝반짝 빛났다. 모든 것이 상쾌하고 진하고 푸르렀다. 마리는 팔을 쭉 뻗었다. 활기와 기쁨이 넘쳐 보였다.

"그건 루이즈가 인생에서 그다지 성공하지 못한다는 뜻이에요? 두 번째 막대과자를 기다리지 않고 첫 번째 막대과자를 다 먹어버렸으니까요?"

"아니야. 꼭 그렇게만 볼 수는 없단다." 내가 말했다.

"첫째, 그건 정확한 실험이라고 할 수도 없었고 둘째, 다른 모르는 사람이 아니라 엄마가 과자를 주었으니까 루이즈는 습관처럼 그냥 먹었던 거야. 하지만 진짜 실험에서 마시멜로를 먹었다고 해도 나는 하나도 걱정하지 않을 거야."

"하지만 좀 전에 그러지 않으셨어요? 인내심 있게 기다린 아이들이 더 성공적인 인생을 산다고요."

"그랬지. 하지만 성공적인 인생에 인내심만이 전부는

아니잖니. 그리고 말했듯이 사람은 누구나 어느 정도 자기조절 능력을 타고난단다. 태어날 때부터 자기조절 능력이 뛰어난 사람이 있고 그렇지 못한 사람도 있지만 모두 자기조절 능력을 갖고는 있어. 그리고 기쁘게도 자기조절 능력은 우리가 계발하고 닦아나갈 수 있거든."

"어떻게요?" 마리가 물었다.

"그걸 이해하려면 우리 뇌가 작동하는 방식을 다시 한번 봐야겠구나." 내가 제안했다.

"잠재력 발휘를 막는 내면의 제동장치는 대개 우리 뇌 속 감정 체계가 강하게 활성화될 때 작동하기 시작한단다. 그렇다면 육체의 생존과 감정적 삶에 꼭 필요하고 감정을 기억하는 데도 꼭 필요한 편도체의 기능에 대해 좀 더 알아볼 필요가 있겠지. 사실 편도체는 한 쌍인데 대개 그냥 하나로 이야기하지. 편도체가 강하게 활성화되면 부정적인 생각과 감정이 일어나고 실제로 정말 위험하지 않은 상황에서도 흥분하고 스트레스를 받게 된단다."

"뱀이나 무대에 서는 생각만 해도 그런 것처럼요?"

"맞아. 무대공포증이 아주 좋은 예지. 연설한다든가

노래를 부른다든가 하는 일은 사실 위험한 일은 아니야. 그런데도 우리가 그런 사실을 알아차리기도 전에 원숭이가 우리에게 다른 사람 앞에서 창피를 당할지도 모른다는 둥, 우리 자신이 못났다는 둥 하는 소리를 하지. 사람들 앞에서 창피를 당할지도 모른다는 불안감은 우리 내면의 가장 큰 제동장치 중 하나란다."

"그리고 그렇게 창피를 당하고 싶지 않으니까 우리 몸은 싸우거나 도망가거나 경직되는 거고요. 그럼 또 식은땀을 흘리거나 소화가 안 되거나 손이 떨리는 거고요." 마리가 마무리를 훌륭하게 지어주었다.

"스트레스 반응이 너무 심하면 가끔은 정전이 일어날 수도 있어. 그래서 가사도 까먹고 그러는 거지."

"어떻게 그렇게까지 되는 거죠?"

"잠재력을 발휘해야 하는 상황에 부닥치면 우리는 뇌의 전혀 다른 부분의 도움이 필요하단다. 바로 뇌 앞쪽 피질의 전두엽이라는 부분이지. 전두엽은 우리의 정신적 실행 능력을 관장한단다. 예를 들어 계획하고, 조직하고, 목적에 도달하고, 작업 기억(감각기관으로부터 들어오는 정보를 머릿속에 잠시 담아두는 것—옮긴이)을 이용하고, 해결책을 찾고, 결정을 내리고, 우선순위를 정하는 등 아주 많은 일을 한단다. 사실 매일 머리를 써야 하는 수많은 일에 전두엽이 필요하지. 숲속의 뱀 예를 다시 생각해 보자."

나는 마리에게 조금 시간을 준 뒤 설명을 계속했다.

"네가 뱀이 나타났음을 알게 되자마자 편도체가 활성화됐고 그것이 곧장 싸움-도주-경직 반응을 불러왔지."

"생각할 새도 없이요." 마리가 보충했다.

나는 고개를 끄덕였다.

"그런 순간이면 생각할 수가 없단다." 내가 확고하게 말했다.

"그 순간에는 생존만이 중요하지. 생각하겠다고 주저하면 죽을 수도 있으니까. 그래서 그때는 싸움-도주-경직 반응이 전두엽도 닫아버리지. 너는 최대한 빨리 안전한 곳으로 가야 해. 다시 말해 싸우거나 도망가거나 숨지." 내가 설명했다.

"그리고 편도체가 활성화되는 상황도 마찬가지라는 거죠. 실제로 위험한 상황은 아니지만 여기서도 전두엽이 물러나요. 그렇죠?" 마리가 똑 부러지게 말했다.

나는 딸에게 감탄하지 않을 수 없었고 나에게 매우 중요한 주제를 놓고 딸과 이토록 집중해서 토론할 수 있다는 사실에 감동했다.

"편도체와 전두엽은 아주 가깝게 연결되어 있어서 금방 서로 영향을 준단다. 그래서 진짜 위험할 때 편도체가 전두엽에게 물러나라고 할 수 있는 거고. 이게 인간의 생존에 도움이 많이 됐단다. 그리고 네가 방금 제대로 보았듯이 정말 위험하지 않을 때도 편도체가 활성화되면 똑같은 양상이 일어날 수 있지."

"제가 학교 연극 무대에서 그랬던 것처럼요?"

"그래, 맞아! 그때도 진짜 위험한 건 아니었지. 하지만 편도체가 활성화되었고 그래서 네 상태가 나빠졌지. 그리고 그럴 때는 위험한 상황이 아님을 알아차리자마자 전두엽이 편도체를 다시 정상으로 되돌리려고 노력하지. 이것이 또 많은 에너지를 소모한단다. 하지만 이건 좋은 소식 축에 속한단다." 내가 나쁜 소식을 암시하며 말했다.

"나쁜 소식은 알고 싶지도 않은걸요?" 마리가 웃으며 내 말을 끊었다.

"흠, 살다 보면 알고 싶은 날이 올 거란다." 내가 다정하게 말했다.

"좋아요. 그럼 말해주세요." 마리가 말했다.

"그건 전두엽의 능력에 한계가 명확하다는 거야."

"배터리처럼요?"

"그래. 정신적 배터리라고 하자꾸나. 전두엽의 작동 방식이 배터리보다는 복잡하지만 여기서는 적당한 비유 같구나. 정신적 배터리가 꽉 차 있으면 스트레스 상황에 대처할 에너지가 충분하겠지. 예를 들어 편도체가 극도로 활성화되는 걸 막는 데 큰 도움이 되지. 그런데 전두엽을 너무 자주 출동시키면 전두엽의 배터리가 자꾸 줄어들어. 그럼 일상생활조차 힘들어지지."

"휴, 또 복잡해지기 시작하네요."

마리가 좀 어렵다는 한숨을 쉬고는 그 자리에서 맴을 돌았다. 혼란한 머리를 그렇게 표현하는 것 같았다.

"반대로 여기 이 자연은 얼마나 단정하고 단순한지 모르겠네요." 마리가 멈춰서 계곡을 가리키며 말했다.

"저기 멀리 보이는 초록 들판은 나무들이 줄지어 서 있으니까 마치 체스판 같아요."

마리는 다시 맴을 돌더니 이번에는 내 손을 잡고 함께 맴을 돌았다. 나는 언젠가 내 정신적 배터리를 철저하게 이용하고 착취했던 때를 떠올렸다.

"그럼 네가 이해하기 쉽게, 편도체와 전두엽에서의 활성 양상이 스트레스가 많은 날에는 어떻게 흔들리는지 또 다른 예를 들어 설명해 볼게. 일단 정신적으로 균형을 잘 잡고 능력 발휘도 잘하려면 정신적 배터리가 가득 차 있어야 한다는 점만 꼭 기억하렴. 그리고 사실 위험할 게 없는데 편도체가 활성화되면 몸에 스트레스 수치만 높아지니까 좋지 않다는 것도 기억해 두고. 이제 루이즈와 네가 아주 어렸을 때 내가 일하면서 어떻게 하루하루를 보냈는지 이야기해 줄게." 내가 제안했다.

"오, 그거 재밌겠네요." 마리가 천진난만하게 말했다.

"루이즈가 아기 때 밤에 자꾸 깨서 나도 밤에 자주 일어나야 했어. 그래서 아침에는 늘 녹초 상태였지. 싱글맘이었으니 당연히 매일 할 일이 태산이었지. 그리고 잠을 못 자면 정신적 배터리가 항상 방전되기 마련이지. 하지만 어쨌든 나는 아침이 오면 일어나야 했고 그날 하루를 준비해야 했지. 루이즈에게 겨우 옷을 입히고 나갈 준비를 마치면 갑자기 네가 여름 원피스를 입고 나타났어. 바깥에는 눈이 내리는데 말이야! 너는 옷을 갈아입지 않겠다고 고집을 피웠지."

"아, 불쌍한 엄마! 그런데 엄마한테는 분명 힘들었을 텐데 왠지 웃기기도 하네요. 그리고 엄마도 알다시피 저는 지금도 원피스를 좋아하잖아요." 마리가 씩 웃으며 말했다.

"그럼 나는 어떻게 했을까? 나는 초연하려고 노력했어. 화를 내지 않고 따뜻한 바지로 갈아입자고 너를 설득했지. 그렇게만 하는데도 내 정신적 에너지는 상당히 소모됐어. 출근해야 하니까 그러고 있을 시간도 없었겠지. 겨우 너의 원피스 속에 바지를 입히고 나서 우리는 자동차로 향했어. 내가 자동차 앞 유리에 쌓인 눈을 쓸어내는 동안 너는 바지를 입어야 했다는 게 뭐가 그렇게 서러운지 자동차 안에서 빽빽 울어댔지. 그렇게 울음바다 속에서 유치원에 너희들을 내려놓고 회사에 가려고 보니 벌써 한 시간 반이나 늦어버렸지. 그렇게 회사에 도착하니 내 정신적 배터리는 이미 반이나 나가버린 뒤였어. 여기서 내가 그때 직장에서 무슨 일을 했는지 일

일이 다 말할 필요는 없겠지. 다만 그때 나는 이미 연구원이었으니 머리를 많이 쓰는 일을 했다는 것만 말해두자. 요약하자면 오후에 너희를 유치원에서 데리고 올 때면 정신적 배터리가 완전히 바닥이었다는 거야.

그날 나는 원래 너희를 수영장에 데려갈 생각이었어. 그런데 오후가 되자 네가 그 약속을 잊어버리기만을 바랐지. 하지만 아니었어. 너는 나를 보자마자 제일 먼저 수영장 이야기부터 꺼냈지. 네가 원한다면 갈 수밖에."

나는 마리의 옆구리를 쿡 찌르며 말했다.

"수영장에 도착하자마자 나는 내가 유령처럼 움직일 뿐 에너지가 하나도 없음을 깨달았어. 그런데 탈의실에서 두꺼운 겨울옷들을 다 벗고 나서야 루이즈의 수영복을 깜빡하고 가져오지 않았단 걸 알았어. 그냥 집으로 돌아가는 건 있을 수 없는 일이었지. 너희들이 난생처음 수영하는 날이었거든! 그래서 나는 루이즈에게 일반 기저귀를 채우고 그 위로 수영 튜브를 씌웠어. 그다음 네가 수영복 입는 걸 도와주고 너의 수영 튜브에 바람을 불어넣었지. 그렇게 준비가 되었나 싶었는데 보니까 뒤에 있어야 하는 루이즈가 저 멀리 탈의실 문 아래로 기어나가고 있는 거야!"

"오! 엄마, 어떻게 해요!" 마리는 웃음을 터뜨리며 말했고 나도 따라 웃을 수밖에 없었다.

"옛날이야기이고 아무 일 없었으니까 지금은 웃을 수 있어. 하지만 그 순간 내 스트레스 수치가 정점을 찍었고 이제 손가락 하나 까딱할 힘도 남지 않았지!"

"그래서 루이즈는 잘 잡았어요?"

"루이즈는 그냥 통로를 여기저기 휘젓고 다녔던 것뿐이야. 그리고 이제야 하는 말인데 일반 기저귀를 차고 수영하는 건 절대 좋은 생각이 못 된단다! 나는 그날 기저귀가 얼마나 무거워질 수 있는지 처음 알았거든. 물에 닿자마자 어찌나 부풀어 오르던지!"

상상만 해도 우리는 다시 웃지 않을 수 없었다.

"엄마, 엄청 창피했겠어요." 마리가 웃음을 겨우 참으며 말했다.

"난 정말 너덜너덜해졌지!"

"그럴 때 피곤한 것은 800미터 달리기나 마라톤을 뛰고 난 후 피곤한 것하고는 분명 다를 것 같아요." 마리가 말했다.

"이 이야기는 일단 좀 있다가 다시 하자꾸나." 내가 제안했다.

조금 더 걷다 보니 어느덧 우리는 스카 산의 정상에 와 있었다. 사방으로 위클로 산맥의 숨 막히는 절경이 펼쳐졌다. 우리가 걸어온 길을 보니 뿌듯함을 감출 수 없었다. 강한 행복감이 온몸을 관통했다. 마리도 조용했다. 숨이 가빠서 그랬겠지만, 곧 두 팔을 높이 쳐들며 크게 환호했다. 위클로 지역에서 가장 큰 도시인 브레인으로 이어지는 방향으로 손톱만 한 집이 보였다. 장난감처럼 손으로 잡을 수도 있을 것 같았다. 햇살 아래 아일랜드 바다가 평화롭게 빛났다. 나는 마리를 내 옆으로 끌어당겨 이마에 뽀뽀했다. 우리는 서로 팔짱을 끼고 서서 풍경 속으로 빠져들었다.

위클로 길에서 만난 사람

"아, 또 만나네요." 어떤 목소리가 고요를 깨며 들려왔다.

"오늘도 우리 같은 길을 걷고 있나 봅니다."

풀 무더기 뒤로 어제 지나쳤던 골든 리트리버 아주머니가 앉아있었다. 골든 리트리버도 그녀 옆에서 아무도 주인 가까이 오지 못하게 하겠다는 듯 경계심 가득한 표정으로 앉아있었다.

"저는 크리스티나라고 해요." 아주머니가 상냥하게 말했다.

"그리고 여기는 날라라고 하고요." 아주머니는 개를 가리키며 말했다.

"저는 마리라고 해요. 개가 정말 예뻐요!" 마리는 날라가 정말 마음에 드는지 그 빛나는 털을 살짝 쓰다듬으며 말했다.

"만나서 반가워요. 크리스티나, 저는 줄리엣이라고 해요. 마리의 엄마고요." 우리는 악수했다.

"우리가 옆에 앉으면 방해가 될까요?" 그녀가 앉은 큰 암석을 가리키며 내가 물었다.

"물론 아니죠. 편히 앉으세요. 풍경이 너무 멋지지 않나요?" 크리스티나는 감탄하며 말했다.

마리와 나는 그녀 옆에 앉아 배낭 속에서 먹을 것들

을 꺼냈다.

"위클로 길은 처음이세요?" 내가 물었다.

"네, 하지만 다른 순례길은 많이 다녔어요. 4년 전에는 카미노 데 산티아고 길도 좀 걸었고요. 좋은 경험이었어요!" 그녀가 대답했다.

"카미노 데 산티아고는 어디 있어요?" 마리가 물었다.

크리스티나는 바위에다 대고 손가락으로 지도를 그렸다.

"여기가 스페인이면 산티아고 데 콤포스텔라라고 하는 도시는 이쯤에 있단다. 스페인 북서쪽에 있는 도시지. 포르투갈 국경 근처란다. 이곳 산티아고 데 콤포스텔라로 향하는 순례길이 정말 많은데 나는 스페인-프랑스 국경에서 76킬로미터 떨어진, 프랑스 바스크 지방의 생장피에드포르라는 작은 도시에서 시작했단다. 순례자들이 제일 많이 걷는 루트지."

마리가 눈을 크게 떴다.

"와! 그럼 프랑스에서 스페인까지 걸으신 거예요? 얼마나 걸렸는데요?"

"음……." 크리스티나는 잠깐 생각하더니 말했다.

"5주 좀 더 걸렸단다. 매일 24~27킬로미터 정도 걸었고 가끔 며칠 쉬기도 했으니까."

"정말 긴 경로네요." 마리가 놀랍다는 듯 말했다.

크리스티나의 시선이 먼 곳의 한 점에 머물렀다.

"걷는 것 외에는 아무것도 할 수 없던 시간이었단다." 크리스티나가 덧붙였다.

"그게 무슨 뜻이에요?" 마리가 바로 다시 물었다.

"힘든 시기를 겪으셨나 봅니다. 대답하지 않으셔도 괜찮아요." 내가 급하게 끼어들었다.

"아휴, 뭘요. 원하신다면 기꺼이 말씀드리죠." 크리스티나가 대수롭지 않다는 듯 마리를 보며 미소 지었다.

"괜찮으시다면 궁금하네요." 내가 쾌활하게 말했다.

크리스티나가 뒤편 암석에 등을 기대더니 물을 한 모금 마셨다. 편안해 보였다. 날라는 마리가 먹던 빵을 받아먹고 싶어서 마리의 손에 킁킁거렸다. 크리스티나가 날라의 머리와 등을 사랑스럽다는 듯 쓰다듬으며 뭐라고 다정하게 말을 했다. 그랬더니 날라는 크리스티나의 발밑에 편안히 엎드렸다.

"저는 발렌시아에서 태어나 대학에서 법학을 전공한 뒤 마드리드에 있는 유명한 로펌에서 직장 생활을 시작했답니다. 5년 동안의 학업을 거의 식당 웨이트리스로 일해 번 돈으로 마쳤으니까 로펌에서 일한 덕분에 누릴 수 있는 경제적 자유가 너무 좋았죠. 그런데 금방 동료들 사이 경쟁이 심하단 걸 알게 됐죠. 그때 저와 함께 시작한 변호사가 일곱 명이었는데 다들 출세하고 싶어 했지요. 첫날이 생각나네요. 브런치 음식이 푸짐하게 차려져 있었죠. 가난했던 학생 시절을 생각하면 그 아침은 제가 그토록 바라던 사치스러운 인생을 약속해 주는 듯했어요."

크리스티나는 다시 먼 지평선을 바라보았다.

"브런치를 즐기는 동안 분위기는 좋았어요. 다들 친절하고 상냥했죠. 최소한 로펌의 대표들이 나타나기 전까지는 말이에요. 그날 그 대표 중 한 명이 했던 말을 저는 절대 잊지 못할 거예요. 그가 다른 창립 동업자들을 소개하더니 이렇게 말했어요. '여러분 주위를 돌아보세요. 왼쪽 사람과 오른쪽 사람과 앞의 사람을 잘 봐두세요. 여러분들 중 오직 한 명만 우리 회사에서 꼭대기까지 올라갈 겁니다. 여러분이 그 사람이 될 수도 있습니다.' 그러고는 우리의 눈을 한 명씩 차례차례 쳐다보았죠. 냉랭한 웃음을 지으면서요. 그다음 대표들은 방을 나갔답니다. 분위기가 순식간에 가라앉았고 우리는 모두 당황했지요. 하지만 당황스러움도 잠시였고 곧 치열한 경쟁으로 바뀌었죠."

"그래서 성공하셨어요?" 마리가 궁금해했다.

크리스티나는 쉰 소리가 날 정도로 크게 웃었다.

"음, 아가야. 그 대답은 네가 '성공'을 무엇으로 생각하는지에 달린 것 같구나. 나는 팀워크와 내 잇속 챙기기 사이에서 갈팡질팡했단다. 우리는 함께 일하려면 서로 의지해야 했지만 승진의 사다리를 오르려면 서로를 밟고 일어서야 했지. 더 정확하게 말하면 동료보다 더 나아야 하는 게 아니라 더 나은 것처럼 보여야 했지. 이 말은 큰 소송을 맡고 그 소송에서 어떻게든 이겨야 한다는 뜻이었어. 그래야 돈이 되니까. 인정받고 자기만의 가치를 획득하는 게 매우 중요했지. 스스로 그 가치를 획득한다면야 뭐 나쁠 게 없겠지만 사실은 로펌의 다른 사람들이 내가 가치 있는 사람이라고 믿게 만드는 것이 더 중요했어. 사실보다는 위선이 판을 쳤고 어떻게 하면 좋은 평판을 얻을까 끊임없이 골몰해야 했지." 크리스티나가 덧붙였다.

"정말 힘드셨겠어요. 그런데 힘들다는 걸 어떻게 분명히 아셨어요?" 내가 물었다.

"사실 그 일이 그렇게 힘든 줄 오랫동안 몰랐어요. 저는 어쨌든 젊었고 에너지와 열정이 넘쳤고 법에 대한 이상적인 생각들로 가득했죠. 참고로 이건 지금도 마찬가지랍니다. 저는 열심히 일하는 데 익숙했고 야근이 이어져도 아무렇지도 않았답니다. 자정까지 사무실에 있은 적도 많았어요. 그리고 다음 날 아침 7시면 또 사무실에 앉아있었죠." 크리스티나가 말했다.

"아주머니 전두엽이 굉장히 활발했겠네요." 마리가 크리스티나의 이야기를 듣더니 유추해서 말했다.

"뭐라고?" 크리스티나가 무슨 말인지 모르겠다는 듯 물었다.

나는 크리스티나에게 우리 뇌와 정신적 배터리에 대

해 마리에게 했던 말을 짧게 요약해 주었다.

크리스티나는 놀랍다는 듯 경청하더니 "정말 그렇네요."라며 고개를 끄덕였다.

"잠을 못 자면 다음 날 집중력이 떨어졌어요. 머릿속에 안개가 가득한 것처럼요. 게다가 평소답지 않게 별거 아닌 일에도 금방 동요했죠. 하지만 야근 수당이 쏠쏠했고 그렇게 2년을 보내고 나니 승진도 했죠. 원한 만큼 사다리를 올라간 거예요. 그리고 꽤 컸던 첫 소송에서도 이겼고 마드리드에서 제일 좋은 구역에서 살 정도로 돈도 벌었죠. 그것도 고급 아파트에서요."

"스트레스가 많으면 고급 아파트도 즐기지 못할 것 같아요. 안 그래요?" 마리가 조심스럽게 물었다.

크리스티나는 눈을 감더니 잠시 말이 없었다.

"정말 그랬단다." 크리스티나는 인정했다.

"생각해 보면 집에 있을 시간 자체가 아예 없었지. 말했듯이, 고급 아파트도 사실은 내 위신을 위한 거였단다. 그런 면에서는 즐겼다고 할 수 있지. 그리고 일을 많이 했으니 그 정도는 누릴 자격이 있다고 생각했어. 주말을 포함해서 매일 로펌에서 밤낮으로 일했으니 나에게 뭐라도 보상해 줘야 할 것 같았단다."

크리스티나는 두 다리를 쭉 폈다. 그리고 날라의 머리를 쓰다듬었다.

"네 질문에 대답하면, 맞아. 고급 아파트가 나를 행복하게 하지는 못했단다. 그러기에는 집에서 보내는 시간이 너무 없었지."

"그럼 일을 할 때는 행복하셨나요?" 내가 조심스럽게 물었다.

이번에도 크리스티나는 잠시 말이 없다가 입을 뗐다.

"부끄럽지만, 그것도 아니었다고 인정해야겠네요. 가치 있게 생각하는 문제 그리고 무엇보다 사람을 위해 일할 수 있기에 저는 제 일을 사랑했어요. 하지만 저의 사고방식과 경쟁적인 직장 분위기가 저를 망쳐놨죠. 최소한 지금은 그게 보여요. 그때는 이런 생각을 할 줄도 몰랐어요. 성공 가도에 있었고 그것이 저에게는 중요했죠. 열심히 일했고 그만큼 보수도 받았고 승진도 했고 보너스도 받았어요. 시간이 없어서 그 돈을 쓰지도 못했지만요."

무슨 신호처럼 그때 날라가 일어나더니 주인의 말에

동의라도 하고 싶다는 듯 낑낑거린 후 다시 엎드렸다.

"흠, 1년에 한 번 2주 동안 비싼 리조트로 휴가를 갔죠. 하지만 겨우 긴장을 풀고 좀 쉬려나 싶으면 어느덧 2주가 다 지나서 돌아가야 했죠. 그렇게 저는 다람쥐 쳇바퀴 도는 생활을 계속했어요."

크리스티나가 슬픈 듯 말했다.

"머리가 복잡한데 히말라야를 본들 무슨 소용이 있겠어요?"

나는 크리스티나의 슬픔을 이해할 수 있었다.

"원숭이가 흥분해 있으면 2주 휴가도 아무 소용이 없어요. 그렇죠, 엄마?" 마리가 말했다.

"마리, 그게 무슨 말이니? 원숭이라고?" 크리스티나가 물었다.

"뇌 속에는 우리한테 끊임없이 말을 거는 목소리가 있어요. 우리는 그걸 '원숭이'라고 부르기로 했거든요. 우리 머릿속 그 원숭이가 생각을 만들어요. 우리 자신과 다른 사람과 과거와 미래에 관한 생각 말이에요. 원숭이는 늘 수다를 떨어요. 그리고 우리가 무엇을 생각하고, 느끼고, 해야 하고, 하게 만들어야 하는지 말하죠." 마리가 열정적으로 설명했다.

"절대 끝나지 않는 머릿속 영화 같은 거죠." 내가 끼어들었다.

"특히 스트레스가 심한 상황이라면 이 생각의 무한 반복을 끊거나 느리게 하는 것이 거의 불가능하지요. 그 결과는 예를 들어 수면 문제 같은 게 있어요. 생각하고 걱정하느라 정신이 말똥말똥해지거든요." 나는 크리스티나가 이해하기 쉽게 설명을 덧붙였다.

크리스티나는 물을 한 모금 마시며 내 말을 생각하는 듯했다. 날라는 다시 눈을 뜨고 바람에 부드럽게 흔들리는 풀포기에 코를 대고 킁킁댔다.

"지금 하신 말씀을 듣고 제 인생을 돌아보니 갑자기 많은 것들이 이해가 가네요. 생각해 보면 정신적으로 휴가를 즐길 준비가 되는 데 정말 거의 2주나 걸렸어요. 그리고 저를 종종거리게 하면서 스트레스를 준 건 정말로 그 절대 사라지지 않고 폭풍처럼 몰아쳤던 생각들이었네요. 저는 제 머릿속에 갇혀 있었어요. 몸은 심지어 히말라야에 있을 수도 있었지만 정신은 생각에 완전히 붙잡혀 있었어요. 제가 어디에 있든 사실 그곳에 없었던 셈인 거죠."

이제 더 슬퍼 보이는 크리스티나가 눈을 감았다. 곧 눈물을 흘릴 것만 같았다. 마리는 또 질문을 하고 싶어 했지만 내가 마리의 팔을 살짝 잡으며 말렸다. 우리는 그렇게 한동안 침묵했다. 마리가 더 이상 호기심을 누를 수 없을 때까지. 날라는 크리스티나의 슬픔을 감지한 듯 조용히 낑낑대더니 머리를 크리스티나의 무릎 위에 올리며 눈치를 살폈다.

"일이 행복하지 않았다면 왜 그 일을 계속하셨어요?" 마침내 마리가 물었다.

"흠, 아까 말했듯이 일 자체는 좋았단다. 중요한 일에 내가 공헌할 수 있다고 생각했으니까. 하지만 지금 생각해 보면 그 경쟁적인 분위기 때문에 내가 일하는 진짜 이유조차 잊어버렸던 것 같구나. 그러다 어느 날 나의 일이 내가 옳다고 생각하는 가치를 추구하는 일이 아님을 알게 됐지. 나는 자신에게 더 이상 충실하지 않았던 거야. 그래서 불행했단다. 나는 무엇이 정말 성공한 인생인지 몰랐어. 그래서 나를 잃어버렸던 거고."

크리스티나가 한숨을 쉬었다.

"하지만 정말 행복했던 때도 있었단다. 로펌에서 일한 지 10년쯤 되었을 때 사랑에 빠졌거든."

처음으로 크리스티나의 얼굴이 환하게 빛났다.

"오, 얘기해 주세요." 마리가 간청했고 나는 미소를 지었다.

편도체의 감정 반응, 불안과 두려움은 학습된다

"그때 저는 소송을 할 경제적 여유가 없던 어떤 학교를 위해 무료 봉사를 하고 있었어요."

크리스티나가 말을 시작하더니 다시 먼 곳으로 시선을 돌렸다.

"학교에서 아이들 몇 명이 아프기 시작했는데, 교장은 급식 업체에서 유통 기간이 지난 고기를 썼다고 확신했지요. 그 문제로 소송 중일 때 저는 저와 동갑인 그 학교 교사, 후안을 알게 됐어요. 후안은 자기 일에 관해 말할 때 유난히 눈을 반짝였어요. 그 모습을 나는 잊을 수가 없답니다. 얼마나 열정적으로 말하던지 그의 에너지가 저한테도 그대로 전달되는 것 같았지요. 나아가 그는 인생 자체에도 열정적이었고 자신이 속한 세상을 더 나은 세상으로 바꾸고 싶어 했어요." 크리스티나는 흥분해서 양손을 휘저으며 말했다.

"우리는 서로에게 푹 빠졌고 얼마 지나지 않아 같이 살게 되었지요."

크리스티나는 계속 말했고 물도 몇 모금 마셨다. 마리와 나는 그녀의 이야기에 푹 빠졌다.

"같이 살았어도 주말만 함께 시간을 보낼 수 있었어요. 주중에는 제가 너무 일이 많았으니까요. 밤에 집에 오면 대개 그는 자고 있었고 아침을 먹기 전에 저는 이미 출근했으니까요. 저는 주말만 손꼽아 기다렸어요. 그때가 제 인생에서 가장 행복했어요."

크리스티나의 눈에 눈물이 맺히는 듯했다.

"결혼하셨어요?" 마리가 그러길 바란다는 듯 물었다.

"아니, 그러지 못했단다."

크리스티나가 한숨을 쉬며 말했다.

"둘이 같이 산 지 1년이 되었을 때 저는 큰 소송을 하나 맡았지요. 가진 에너지를 죄다 쏟아부어야 하는 소송이었어요. 처음에는 후안이 저를 많이 도와줬어요. 하지만 예상하시겠지만 매일 야근에 둘이 같이 보낼 시간이 전혀 없어져서 사이가 멀어졌지요. 아주 가끔만 볼 수 있었는데 그 시간마저 싸우는 데 써버렸죠. 그러던 어느 날이었어요. 그날도 아주 늦게 퇴근해 왔더니 후안은 이미 자고 있고 부엌 식탁에 쪽지가 하나 놓여있었어요. 가슴이 두근거렸어요. 그 글은 제 평생 영원히 잊지 못할 거예요."

"말씀해 주실 거죠?" 내가 물었다.

"그건 그가 써준 짧은 시였어요."

크리스티나, 크리스티나, 당신은 내 인생의 사랑
서로에 대한 우리의 감정은 자연스럽게 흘러가는
강물 같습니다.
해야 할 것은 아무것도 없습니다.
그보다는 저절로 하고 싶은 일이 더 많습니다.
크리스티나, 크리스티나, 당신은 내 인생의 사랑
우리는 서로를 위해 태어났습니다.

이제 나는 온 마음으로 바랍니다.

우리 사이에 아이가 태어나주기를.

크리스티나, 크리스티나, 당신은 내 인생의 사랑입니다.

시를 읊으며 크리스티나는 눈물을 흘렸다.

"정말 아름다워요." 나는 그녀의 손을 잡아주었고 마리는 어떻게 할 줄 몰라 고개를 돌렸다.

"네, 아름다운 시예요. 그날 밤이 어땠는지 저는 하나하나 다 기억한답니다. 저는 그 시를 몇 번이고 다시 읽었어요. 그리고 내면에서 행복감이 솟아오는 걸 느꼈죠. 하지만 몇 분 후 내…… 그 뭐죠?"

크리스티나가 나에게 몸을 돌리며 물었다.

"뭐라고 하셨죠? 머릿속의 원숭이? 네, 맞아요. 그 원숭이가 나타나서는 아기를 가지면 제 경력은 끝장이라고 했어요. '그게 가능할 것 같아?' 원숭이가 물었어요. '그 자리까지 올라오느라 얼마나 힘들었어? 그 자리가 흔들릴 수도 있는데 그래도 아기를 가질 거야?' 녀석은 저에게 도전했어요. 그 망할 놈의 목소리가 저를 정말 슬프게 했어요. 그 목소리에서 벗어날 수도 싸워서 이길 수도 없다는 걸 알았죠. 그래서 저는 위층으로 올라가 잠자고 있는 후안에게 키스하고 혼자 울면서 잠이 들었어요." 그렇게 말하고 크리스티나는 조용히 흐느꼈다.

"무엇이 그렇게 슬프셨어요?" 마리가 조심스럽게 물었다.

"그와 바로 그다음 날 헤어져야겠다고 결심했기 때문에 슬펐단다."

"뭐라고요? 아이를 낳고 가정을 일구는 게 싫으셨던 거예요?" 마리가 너무 놀라서 물었다.

크리스티나는 희미한 미소를 지었다. 여전히 슬픈 표정을 한 채.

"아휴, 마리야, 후안과 함께 가정을 일구는 것이 내가 가장 원하는 일이었단다. 나는 늘 아이를 낳고 싶어 했지. 너 같은 딸 말이야. 너를 보니 그때의 바람들이 다시 생각나는구나."

"아, 죄송해요! 그런데 왜 후안과 헤어지셨어요?" 마리가 눈을 내리깔며 말했다.

"직업적 야망과 성공에 눈이 멀어 내가 정말 무엇을 원하는지 몰랐던 거지. 스트레스가 극심해서 나 자신마

저 잊어버리고 살았다고나 할까."

크리스티나는 머리를 절레절레 흔들었다. 마치 그때 일어난 일을 지금도 믿을 수 없다는 듯.

"그리고 아까 말했듯이 후안과 함께한 시간은 나에게 행복 그 자체였단다. 그렇게 멋진 관계는 처음이었지. 우리가 함께할 때면 그 순간이 절대 끝나지 않기만을 바랐지. 하지만 한편으로는 나의 그런 순수하고 강렬한 감정들이 나를 불안하게 했지." 크리스티나는 다시 먼 곳을 응시했다. 그리고 나에게 말했다.

"하지만 지금은 그때 일에 집중하고 직업적으로 성공하는 게 더 중요하다고 제 원숭이가 저를 설득했음을 알겠네요. 동료 일곱 명 중에 로펌의 대표가 되는, 그 유일한 한 명이 되는 성공 말이에요. 그때 원숭이를 무시하고 진짜 바라던 일을 했더라면 얼마나 좋았을까 하는 후회가 드네요. 제 마음이 이끄는 대로 했더라면 얼마나 좋았을까요." 크리스티나가 분명히 말했다.

"일과 후안과의 관계, 둘 다 잘해 나갈 수는 없었겠지요?" 나도 안타까운 마음에 물었다.

"그러기에는 회사에서의 압박과 경쟁이 너무 심했어

요. 꼼짝할 수 없었지요. 분명 길이 있었겠지만 저도 완전히 지친 상태였어요. 오늘처럼 이렇게 제대로 보고 일상의 나쁜 습관을 깨려면 정신적 여유가 있어야 하는데 그렇지 못했죠. 돌아보면 후안이 저와 사랑에 빠진 게 신기할 지경이에요."

나는 옆에서 좀 떨어져 그녀를 바라보았다. 햇볕에 탄 구릿빛 얼굴에 잔주름이 넓게 퍼져 있었다. 얼굴이 각진 편이라 좀 냉담해 보이지만 턱까지 내려온 곱슬머리와 도톰한 입술이 충분히 부드러운 인상을 주었다. 크리스티나는 아름다운 여성이었고 그런 생각이 들자 곧 에너지 가득한 젊은 날의 크리스티나의 모습이 휙 하고 내 머릿속을 지나갔다.

"오! 저는 이해할 것 같아요. 그가 왜 사랑에 빠졌는지." 나는 다정하게 그리고 진심으로 말했다. 그리고 바람이 불어왔으므로 재킷 지퍼를 목까지 닫아 올렸다.

크리스티나는 나에게 미소를 지었다. 내가 이어서 말했다.

"정신적으로 여유가 없는 상태가 어떤지 저도 잘 안답니다."

마리가 무슨 말이 나올지 다 안다는 듯 나를 봤다.

"우리 정신적 배터리는 그 능력에 한계가 있거든요."

크리스티나와 마리가 동시가 고개를 끄덕였다. 나는 좀 더 설명했다.

"전두엽과 우리 뇌 깊은 곳의 편도체는 서로 밀접한 관계에 있답니다. 편도체는 정확하게 말하면 왼쪽 오른쪽에 이렇게 두 개가 있어요. 아몬드처럼 생겼고 크기도 딱 그 정도로 작지만, 우리 삶에 굉장한 영향을 주죠. 기본적으로 생존에 아주 중요한 역할을 하고, 감정을 느끼게 해주고, 크리스티나 당신이 그 쪽지를 발견했던 그날 밤의 기억 같은 감정적인 기억을 만들어준답니다."

"분명 아주 감정적인 밤이었어요. 그리고 그날 있었던 일은 세세한 것까지 다 기억한답니다." 크리스티나가 웃으며 확언했다.

"편도체가 그렇게 좋은 일을 많이 하지만……."

나는 다시 말을 이어갔다.

"안타깝게도 스트레스 반응을 유도하기도 한답니다. 그럼 불안하거나 우울한 상태가 같이 활성화되지요. 편도체와 긴밀하게 연결되어 있으므로 전두엽이 편도체를 어느 정도는 통제할 수 있습니다. 예를 들면 이해하기 더 쉬울 텐데요. 사람은 누구나 그다지 좋아하지 않는 사람과 함께 뭔가를 해야 할 때가 있죠. 그럼 우리 머릿속의 원숭이는 그 사람에 대해 부정적으로 이야기를 시작하죠. '정말 저 사람과 시간을 보내야 한다고?'라고 물으면서요. 이런 내면의 목소리를 우리는 대부분 의식하지 못합니다. 그런 생각이 그 사람에 대한 부정적인 감정과 연결되어 있고 우리는 부정적인 생각보다는 부정적인 감정을 더 잘 의식하니까요."

"그 부정적인 생각이 편도체를 강하게 활성화하는 건가요?" 크리스티나가 물었다.

"네, 편도체가 지나치게 활성화되면 우리는 스트레스를 받아요." 마리가 말했다.

"맞아요!" 내가 확인해 주었다.

"그러니까 생각이 감정을 일으키고 그렇게 편도체가 지나치게 활성화되면 우리 몸이 부정적으로 반응하고 이것이 우리에게 스트레스를 줍니다. 그런 상태가 지속되면 정신적 여유가 하나도 없는 상태가 되지요."

"그 과정에 전두엽이 어느 정도까지 관여하는지 다시

한번 말씀해 주시겠어요?" 크리스티나가 물었다.

"우리가 위험한 상황에 부닥치면 편도체가 생존 모드를 활성화합니다. 뱀을 보면 우리는 전형적으로 도주-싸움-경직 반응을 일으키죠. 생존 모드 상태에서 전두엽은 당분간 마비됩니다. 진짜 심각하게 위험한 상황에서는 '어떻게 할까?' 하고 조용히 생각할 시간이 없으니까요. 진화론적으로 볼 때 전두엽이 그렇게 마비되는 것이 생존에 꼭 필요했답니다."

"하지만 우리가 싫어하는 사람이 우리 몸과 인생에 위험한 건 아니잖아요." 크리스티나가 말했다.

"그렇죠. 하지만 그 사람과 만난다는 생각만으로도 우리 몸속 스트레스 수치가 올라갑니다. 요약하자면 편도체는 진짜 위험한 상황이 아닌데도 스트레스 반응을 야기하고 스트레스 반응은 좋지 않으므로 전두엽이 그런 편도체의 반응을 줄이려 한다는 겁니다."

"구체적인 예로 설명해 주시겠어요?" 크리스티나가 부탁했다.

"혹시 스트레스가 많았던 날은 밤이면 일한 양은 마찬가지인데 스트레스가 덜했던 날보다 정신적으로 더 피곤하지 않나요?" 내가 물었다.

"제가 제일 좋아하는 동료와 함께 소송을 진행했을 때 특히 편했던 기억은 납니다. 발레리아라고 언제나 같이 일하고 싶은 동료였지요. 똑똑하고 유쾌하고 재미있는 친구였거든요. 일하면서 많이 웃었죠. 기본적으로 사랑이 많은 사람이라서 출세를 위해 다른 사람의 등에 칼을 꽂는 짓은 못할 사람이었어요. 하지만 안타깝게도 그 회사에서는 그렇게 해서는 살아남을 수 없었죠. 줄리엣, 그러니까 발레리아와 흥미로운 소송을 진행했을 때는 일 때문에 전혀 피곤하지 않았답니다. 늘 그랬듯 야근도 많이 했는데 집에 돌아오면 다른 일도 충분히 할 수 있을 정도로 에너지가 남아있었어요."

"스트레스는 가장 강력한 에너지 약탈자랍니다."

내가 분명히 말했다.

"스트레스 상황에 정신없이 대처하다 보면 정신적 배터리가 순식간에 나가버리죠. 그럼 우리는 금방 피곤해지고 한계에 도달하죠."

우리는 대화를 멈추고 잠시 생각에 빠져들었다. 날라마저 머리를 한 번 세차게 흔들더니 충직한 표정으로 우리 셋을 바라보았다.

"배가 고픈가 봐요." 마리가 날라의 표정을 해석하며 말했다.

"얌전히 앉으면 네 샌드위치 조금 떼어줄래?" 크리스티나가 부탁했다.

"스페인어로 '앉아'는 어떻게 말해요?" 마리가 물었다.

"시엔타테!" 크리스티나가 웃으며 대답했다.

"날라!" 마리가 엄격한 표정을 지으며 날라를 불렀다.

"시엔타테!"

마리가 집게손가락을 위로 올리며 한 번 더 말했다.

"시엔타테!"

그 말이 떨어지기가 무섭게 날라는 똑바로 앉았다. 그리고 잔뜩 기대하는 표정으로 마리를 보았다.

"잘했어, 날라!"

마리가 재킷 주머니에 넣어둔 샌드위치를 꺼내 빵을 조금 잘라서 던져주자 날라가 날름 받아먹었다. 우리는 모두 손뼉을 치며 웃었다.

"이제 고갈됐다는 게 무슨 뜻인지 잘 알겠어요. 배터리가 다 비어서 정신적으로 지친 상태예요." 마리가 결론을 내듯 말했다.

"그래, 그렇단다. 안타깝게도 우리는 주로 인생에서 최고에 올랐을 때 그런 고갈 상태에 이른단다. 길고 힘든 하루를 보내고 밤에 마침내 사랑하는 사람들과 함께할 때도 그렇고 말이야. 정신적 에너지가 바닥이라서 편도체가 제멋대로 날뛰지. 스트레스 가득한 하루를 보냈다면 우리 자신의 좋은 쪽은 사라지고 나쁜 쪽만 남게 되지."

"정말 들으면 들을수록 제 이야기네요." 크리스티나가 불현듯 말했다.

"로펌에서 늦게까지 일할수록 정신적 에너지는 그만큼 더 바닥이었죠. 게다가 저는 하루에 대여섯 시간밖에 못 잤으니 정신적으로 더 고갈되었겠죠."

"그래서 결국 어떻게 됐나요? 로펌 대표가 되셨나요?" 내가 물었다.

"아뇨. 다행히 안 됐어요." 크리스티나가 말했다.

"다행히라고요? 그게 목표 아니었어요?" 마리가 놀란 듯 물었다.

"나도 오랫동안 로펌 대표가 되는 것이 내 인생의 목

표라고 생각했단다. 이렇게 말해보자꾸나. 운명이 나를 위해 다른 결정을 내려주었다고 말이야."

크리스티나가 이어서 말했다.

"후안과 헤어지고 나서 저는 심지어 더 열심히 필사적으로 일했답니다. 그와 행복했던 날들을 잊어버리고 싶었거든요. 그리고 얼마 안 가 제 몸이 신호를 보내왔지요. 지금 생각해 보면 그 전부터 이미 몸이 망가져 있었지만 몸이 하는 말조차 제대로 읽지 못하는 상태였나 봅니다."

"스트레스는 자신의 몸과도 소원하게 만들죠." 내가 설명했다.

"어떤 증세가 나타났나요?"

"생각에서 벗어날 수가 없었어요. 밤이 되면 더 심했고요. 거의 잠을 못 잘 정도로 심각했죠. 그리고 잠을 못 자니까 상태는 더 나빠졌고요. 온몸이 반항했죠. 손이 떨리고 심장이 뛰고 근육이 딱딱하게 굳었어요. 그러니까 또 더 못 잤고요. 그게 다 제 편도체가 과도하게 활성화된 결과였겠네요. 그렇죠, 줄리엣?"

"네, 그런 것 같네요. 스트레스가 너무 많은 일상을

살다 보면 언젠가는 호흡이 얕아지고, 예를 들어 위장과 장에 문제가 생기죠. 그럼 또 면역 체계가 흔들리고요. 이제 감기부터 시작해 이런저런 질병에 걸립니다. 바이러스에 취약해지니 당연한 결과죠." 내가 말했다.

"네 맞아요. 저도 다 겪은 일이죠. 그런데 정신적으로도 계속 나빠지는 겁니다. 더 이상 일에 집중할 수가 없고 기억력도 눈에 띄게 나빠졌고 동료들에게 부쩍 공격적이었죠. 무뚝뚝해졌고 소송에서 지면 일을 제대로 못했다며 동료들 탓을 했죠. 그즈음 이미 간부급으로 올라갔기 때문에 아래로 제 전담팀이 있었죠. 저는 아주 나쁜 상사였고 지금은 그 사실이 아주 부끄럽답니다. 그리고 어느 날 저는 정말 통제력을 잃고 말았죠."

"무슨 일이 있었는데요?"

"그날 아침, 필요한 서류가 도무지 안 보이는 거예요. 그게 왜 그렇게 화가 나던지요. 그래서 동료 직원 한 명에게 칠칠치 못하다고 했죠. 그리고 서류를 당장 찾아오지 않으면 잘라버리겠다고 위협했죠. 이미 저에 대해서라면 볼꼴 못 볼 꼴 다 본 우리 팀 동료들이었지만 그건 정말 최악이었죠. 동료 중 한 명인 토마스가 과감하게 말하더군요. 며칠 좀 쉬는 게 좋겠다고요. 그 2주 전부터 저는 몸이 좋지 않았는데도 쉬지 않고 계속 일을 했거든요. 지금은 그렇게 말해준 토마스가 고맙지만 그때는 화만 더 났죠. 여기서 더 자세히 말하지는 않겠지만 제가 얼마나 미쳐 날뛰었던지 나중에는 대표 중 한 사람의 멱살을 잡을 정도였죠. 회사 사람들과 방문객들이 모두 제가 분노하는 모습을 지켜봤죠. 저는 프로답지 못했어요. 그리고 사람들이 저를 경멸하게 만들었죠. 그게 얼마나 한심한 일인지 지금은 잘 알죠." 크리스티나는 창피해했지만 인정했다.

"저는 그저 제 생각밖에 안 했어요."

비어 있는 뇌의 배터리를 채우는 법

나는 크리스티나의 이야기에 깊은 인상을 받았다. 우리는 모두 바위 위에 앉은 채 생각에 빠졌다. 날라조차 그 분위기에 젖어들었는지 주둥이로 크리스티나를 약간 더듬었다. 위로라도 하려는 듯이.

"그게……." 크리스티나가 이어 말했다.

"그러니까 저는 이미 고갈될 대로 고갈된 상태였던 거죠. 그날 집에 돌아와서도 저는 그렇게 억지로 휴가를 갖게 된 게 부당하다고 생각했어요. 처음 5분 정도는요. 그러고는 침대에 쓰러져 흐느끼기 시작했죠. 몇 시간을 울었는지 모르겠어요. 그러다 처음으로 든 생각이 '세상에 크리스티나, 너는 지난 5년 동안 울 시간도 없었구나!'였어요. 그러자 저는 후안과 헤어진 것, 그래서 행복이 끝나버린 것이 슬퍼서 울었어요. 그리고 우리가 더 이상 가질 수 없는 아기를 생각하며 울었고 그동안 낭비한 인생을 생각하며 울었어요. 그리고 필요하지도 않은 것들을 사느라 써버린 돈을 생각하며 울었고 회사에서 한 제 행동이 창피해서 울었어요. 그리고 고객들이 그런 제 모습을 봤을 생각을 하니 또 눈물이 터졌죠. 저는 그 몇 년 동안 저에게 일어난 모든 일에 울었답니다. 하지만 무엇보다 힘이 하나도 남아있지 않아서 울었답니다. 울 에너지만 남아있었죠."

"그렇게 눈물마저 마를 때까지 우셨겠네요." 내가 조심스럽게 미소를 지어 보이며 말했다.

"네, 맞아요." 크리스티나가 멋쩍게 웃으며 말했다.

"영원 같은 시간이 지나고 저는 엄마에게 전화를 걸었어요. 그동안 엄마 전화를 많이 무시했고 5년 동안이나 만나지 못했기 때문에 처음에는 망설였어요. 하지만 마음을 다잡고 전화기를 들었어요. 엄마는 곧바로 기차를 타고 저에게로 와주셨지요. 와서 제 상태를 보시더니 그냥 저를 안아주고 이마에 키스하면서 계속 '다 괜찮아질 거다. 내 딸아. 다 괜찮아질 거야!'라고 하셨죠."

"지금 아주 좋아 보이세요." 마리가 조금 주저하듯 말했다.

"그래, 지금 아주 좋단다. 마리야." 크리스티나가 웃으며 말했다.

"심한 번아웃이라는 진단을 받았을 때 아무도 놀라지 않았어요. 혼자서는 어떻게 될지 몰라서 병원에 입원했어요. 다행히 그 정도의 경제적 여유는 되었으니까요. 돈이 많은 것이 좋을 때도 있더라고요. 번아웃에서 완치되는 데 참 오래 걸렸어요. 처음에는 정신적 배터리가 여전히 비어 있었으니까 무슨 일에든 어떠한 반응도 보일 수가 없었어요. 한참 뒤에야 어떻게 살고 싶은지 다시 생각할 수 있었죠."

"이제는 이 길을 걷고 계시네요." 마리가 단도직입적으로 말했다.

"그래, 이렇게 걸으며 인생이 얼마나 아름다운지 새삼 또 느끼고 있어. 자연 속에 있으면 살아있다는 느낌이 들고 그래서 행복하지. 상태가 조금 좋아졌을 때 나는 동물 보호소에서 날라를 입양했단다. 이 녀석을 처음 봤을 때 아주 오랜만에 기쁨이란 걸 다시 느꼈어. 첫눈에 반한 사랑이랄까. 그때부터 우리는 늘 함께이고 어디를 가든 같이 간단다. 일만 하던 그 세월 나는 세상이 얼마나 아름답고 인생이 얼마나 행복할 수 있는지 잊어버리고 살았어."

날라의 머리를 천천히 쓰다듬는 크리스티나의 눈이 반짝거렸다.

"병원에서 나온 뒤에는 엄마와 함께 많이 걸었답니다. 그러다 조개껍데기가 붙어 있는 나무 표지판을 보게 되었지요. 엄마가 순례길을 알려주는 조개껍데기라고 했어요. 카미노 데 콤포스텔라로 이어지는 야고보의 길 말이에요."

"5주 동안 걸었다는 그 길요?" 마리가 말했다.

"이전에도 알고는 있었지만 순례길을 걷는다는 생각은 해보지도 않았단다. 그런데 막상 그 나무 표지판을 보니 내 온몸이 기분 좋게 요동쳤지." 크리스티나는 그때를 떠올리며 말했다.

"정확하게 그게 무엇이었는지는 모르겠어요. 하지만 뭐랄까 깊은 확신 같은 게 들었어요. 깊고 순수한 진짜 확신."

크리스티나는 잠시 말없이 그때를 회상하는 듯했다.

"그 순간 야고보의 길을 걷는 것이 제게 꼭 필요한 일이라는 느낌이 들었어요. 그렇다면 해야죠. 바로 며칠 준비하고 떠났어요."

크리스티나의 눈이 기쁨으로 빛났다.

"와우! 굉장한 용기네요." 내가 감탄했다.

"아뇨, 아뇨. 줄리엣. 용기라니 말도 안 돼요. 저는 단지 저에게 필요한 일을 했을 뿐인걸요. 하지만 그렇게 필요한 일을 하다 보면 길이 보일 거라고 생각했어요. 무슨 일을 해야 할지 자연스럽게 알게 될 거라고요."

"그 길을 혼자 걷는 게 무섭지 않으셨어요?" 마리가

놀라며 물었다.

마리의 물음에 크리스티나는 웃으며 힘주어 대답했는데 그 말이 굉장히 인상적이었다.

"아니, 마리야. 우리는 절대 혼자가 아니란다. 늘 자기 자신과 함께이니까 말이야. 너 자신이 하는 말을 잘 들으면 네 주변의 우주 혹은 자연이 완벽한 가이드가 되어줄 테니 길을 잃을 염려는 없단다."

참 지혜로운 말이었다. 어쩌면 우리가 영원히 받아야 할 수업은 우리 내면의 목소리에 귀를 기울임으로써 자신을 사랑하는 방법인지도 모른다. 우리는 그 말을 곱씹느라 다시 오랫동안 말이 없었다. 나는 언덕, 계곡, 작은 평지로 이어지는 주변 경관이 어쩐지 크리스티나 인생의 우여곡절과 닮은 듯했다.

인생은 그렇게 변화와 반복을 거듭하며 흘러간다. 그렇게 생각하니 문득 이 자연이라는 연기자가 우리에게 또 어떤 새로운 모습을 보여줄지 궁금했다. 오르막길이 있으면 내리막길도 있고 그사이 우리는 잠깐 쉬기도 하고 침체를 경험하기도 한다. 숨을 돌리고 다시 힘을 내기 위해서 말이다. 나는 마리에게 몸을 기대며 이마에 키스해 주었다.

"이제 다시 걸어볼까?" 내가 속삭이듯 말했다.

마리가 고개를 끄덕였다.

"크리스티나, 저희랑 같이 가실래요?"

크리스티나가 미소를 지으며 말했다.

"고마워요. 하지만 여기 이 위에서 좀 더 있고 싶네요. 여기 이곳과 이 시간을 좀 더 음미하고 싶어요."

"이야기, 정말 감사했습니다." 나는 인사하고 크리스티나를 껴안았다.

"잊지 못할 거예요. 당신과 당신의 이야기 둘 다요."

"제가 더 고맙습니다. 제 이야기를 다정하게 들어주셨으니까요."

날라가 일어서더니 우리 주변을 돌았다. 마리는 날라를 쓰다듬으며 작별 인사를 했다.

다시 걷기 시작하고 조금 지나자 가파른 내리막길이 나왔다. 시간이 훌쩍 지나 있었고 우리는 각자 조용히 크리스티나의 이야기를 곱씹었다. 그리고 고요 속에서 천천히 풀과 히스꽃으로 뒤덮인 언덕을 내려갔다. 물론 드문드문 멈춰 서서 주변 계곡의 전경을 즐기는 것도 잊지 않았다.

점점 사위가 어두워지고 어느덧 그날의 목적지인 라운드우드에 거의 다다라 있었다.

자신이 진정 원하는 것과 감정의 관계

저녁이 되었고 우리는 라운드우드의 어느 작은 식당에 앉았다.

"따뜻한 초콜릿 시럽이 들어가 있는 초콜릿케이크가 좋겠어요. 아주 맛있을 것 같아요. 디저트로요." 마리가 흥분해서 말했다.

"어제도 초콜릿케이크 먹지 않았니?"

"네, 엄마. 그랬지요. 하지만 어제는 시럽이 없었잖아요. 꼭 먹고 싶어요. 오늘 많이 걸었잖아요. 지금 말 한 마리라도 통째로 먹을 수 있을 것 같다고요!"

"몸을 많이 움직인 날은 음식이 더 맛있는 법이지. 그렇지 않니?"

"저도 그렇게 생각해요. 시장기가 최고의 양념이죠."

나도 마리의 말에 동감했다.

"그러니까 궁금해지는데 영혼을 위한 음식이란 게 따로 있을까요?" 마리가 생각에 빠졌다.

"내 생각에 영혼을 위한 음식은 사람마다 다를 것 같구나. 그런데 스트레스 때문에 먹는 사람도 많지." 내가 말했다.

"스트레스 때문에 먹는다고요? 그럼 기분이 좋아져요?" 마리가 물었다.

"바네사 이야기 기억하니? 그녀가 샀던 비싼 신발과 가방도?"

"네, 세계 여행 중인 바네사요! 일만 하느라 스트레스가 심해져서 바네사는 그렇게 작은 행복들을 샀지요." 마리가 말했다.

"참, 크리스티나가 필요하지도 않는 비싼 것들을 샀다고 했을 때 바네사 생각이 났어요."

"맞아. 둘 다 뭔가 비싼 것을 사면서 뇌의 보상 체계를 활성화했고 그렇게 도파민을 분비했지. 그래서 순간이나마 기분이 좋았던 거고. 먹을 때도 비슷한 일이 일어난단다. 먹는 행위는 생존에 중요해서 먹을 때는 언제나 우리 뇌 속 보상 체계가 활성화되고 어느 정도 기분이 좋아진단다."

"알겠어요!"

"먹을 게 부족하던 시절 인간은 보상 체계 때문에 더 열심히 먹을거리를 찾아다녔지. 그리고 뭐든 찾을 때마다 최대한 많이 먹어둬야 했어. 언제 또 먹게 될지 모르니까. 하지만 오늘날 선진국에서는 먹을 게 넘쳐나지."

내가 이어서 말했다.

"그런데도 우리 보상 체계는 활성화 상태로 남아있단다. 뭔가 맛있는 것을 볼 때마다 보상 체계가 힘을 발휘해서 그걸 먹게 하지."

"그리고 원숭이도 말하죠. '먹어!'라고요."

마리가 어찌나 엄격한 표정으로 명령했던지 나는 웃음이 터졌다.

"맞아. 그럼 이제 전두엽이 나서야 할 때지. 전두엽이 먹고 싶은 충동을 조절하며 너무 많이 먹거나 너무 나쁜 음식을 먹지 않게 하지."

"하지만 정신적 배터리가 바닥이면요?" 마리가 내 말

을 끊으며 물었다.

"편도체가 지나치게 활성화되어 정신적 배터리가 바닥에 이르면 먹는 것의 질과 양을 조절하는 능력도 사라지지. 게다가 뇌는 먹는 것은 기본적으로 무조건 좋다고 여긴단다. 요약하면 스트레스를 받을 때 우리는 뭔가 맛있는 걸 먹고 싶게 되는데 그건 그렇게 하면 최소한 잠깐이라도 기분이 좋아진다는 걸 알기 때문이지." 내가 설명했다.

"주문하시겠어요?" 종업원이 와서 물었다.

마리는 어떻게 하면 좋겠냐는 듯 나를 보았다.

"초콜릿케이크 두 개 부탁합니다." 내가 말했다.

"엄마 말을 듣고 보니 초콜릿케이크를 주문해도 되는지 판단이 서지 않았어요." 종업원이 돌아가자 마리가 어깨를 으쓱 올리며 말했다.

"알고 있단다. 마리야. 하지만 엄마는 건강하지 않은 음식이라도 가끔은 먹고 싶은 걸 먹어주는 게 좋다고 생각해. 음식을 지나치게 통제하면 위험한 집착에 빠질 수 있거든. 네 몸이 하는 말을 잘 들으면 최선의 답이 보일 거야."

"크리스티나도 자기 몸이 하는 말을 못 들었다고 했죠." 마리가 말했다.

"왜 안 그랬겠니. 스트레스를 받으면 원숭이가 심지어 더 시끄러워지고 그럼 생각이 미친 듯이 이어진단다. 그럼 더 이상 집중할 수 없고 생각 속에서 길을 잃지. 갈피를 잡지 못하고 더 이상 현재를 살지도 못한단다. 그럼 지금 우리 몸이 하는 말을 거의 혹은 하나도 듣지 못하고, 그래서 자신에게 정말 중요하고 진짜 필요한 것이 무엇인지 알 수 없지. 우리가 인생에서 정말 원하는 것, 혹은 우리를 정말 행복하게 하는 것이 무엇인지는 이성(생각)으로는 알 수 없단다. 그건 말로 표현할 수 없을 때가 많지. 그건 다만 느껴야 하는 거란다." 나는 쉽게 설명하려고 애썼다.

"잘 모르겠어요." 마리가 말했다.

"그 말은 제가 무엇을 원하는지 알 수 없고 그걸 그냥 느낀다는 거예요? 다시 말해 그걸 알려면 감정적으로 일단 준비가 되어야 한다는 뜻이에요?" 마리가 생각을 정리하며 물었다.

"그래, 그렇게 이해하면 될 것 같구나. 어제 엄마가

감정이란 참 복잡한 현상이라고 했었지. 감정은 몸의 변화가 응집되어 나타나는 거란다. 감정을 말하며 우리 안에서 일어나는 일을 말로 표현하려고 노력할 수는 있어. 이것 자체가 과학이지. 아니 지혜라고 하는 게 더 낫겠구나. 왜냐하면 결국 우리가 느끼는 것은 우리 몸 안에 숨어 있는 것이고 우리 몸의 변화는 사실 이성(과학)으로 설명하기가 어렵기 때문이지." 내가 이어서 설명했다.

"하지만 우리 뇌가 여전히 중요한 역할을 하지요. 그렇죠?" 마리가 약간 헷갈린다는 듯 물었다.

"물론이지. 우리 몸의 변화는 우리 뇌의 어떤 부분이 활성화된 것이니까."

"하지만 감정은 우리 몸 전체에서 드러나고요." 마리가 강조했다.

"그렇지! 우리 몸은 아주 현명하단다. 그래서 인생에서 우리를 인도하는 아주 중요한 기능을 하지. 크리스티나의 말을 생각해 봐! 어머니와 함께 산책 중에 야고보의 길 표지판을 봤을 때 크리스티나는 온몸으로 강한 느낌을 받았지. 그건 확신의 느낌이었다고 했어. 마리야,

때로는 말이 필요 없단다. 제대로 가고 있음을 온몸으로 느낀다면 말이야."

마리는 내 뒤를 보더니 눈을 빛냈다. 종업원이 디저트를 들고 나타난 것이다.

"제 몸이 지금 저한테 따뜻한 초콜릿케이크가 꼭 필요하다고 말하고 있어요."

3부

더 큰 가능성의 세계로 인도하는 뇌 작동법 :
지혜로운 원숭이로 길들이기

"인생에서 네가 원하는 것이 무엇인지 모른다고 해서
인생의 소용돌이 속에서 길을 잃었다고 생각하진 마.
그건 절대 아니니까. 단지 너는 지금 네 인생을 탐구하고 있는 거지.
하지만 그렇게 탐구할 때 네 감각들을 모두 열어두는 게 중요하단다.
머릿속에 갇혀 있지 말고 네 감각들과 함께 마음을 열고 세상에
다가가는 게 중요하지. 지금 여기, 이 순간의 지혜에 집중하면서
말이야. 왜냐하면 그럴 때만 내면의 목소리가
너를 인도할 수 있거든."

최고 버전의 나로 업그레이드하다

보고 듣는 것, 언제나 그 이상을 상상하는 뇌

"오늘 엄마는 초콜릿은 됐단다."

숙소 식당에서 아침 식탁에 놓인 초콜릿케이크를 옆으로 밀면서 내가 말했다. 마리는 벌써 한 조각 즐긴 상태였다.

"그 사람들 강을 뛰어넘을 수는 있어요?" 비스킷까지 두 조각 해치우더니 마리가 갑자기 물었다.

"강가에 선 두 사람 말이에요. 강 한쪽에서 다른 쪽으로 헤엄쳐 갈 수는 없는 거죠?"

나는 잠시 무슨 말인가 하다가 수수께끼 냈던 걸 떠올렸다. '배는 한 대뿐인데 한 사람만 탈 수 있다. 그런데도 둘 다 강의 다른 쪽으로 갈 수 있었다. 어떻게?' 나는 웃으면서 답했다.

"없지. 강이 넓으니까 그럴 순 없지."

"그죠. 강이 넓죠. 그럼 한 사람이 먼저 건넌 다음 배를 밀어서 보내줄 수도 없겠네요?"

"그 모습을 한번 그려볼래?" 내가 물었다.

내가 종이와 연필을 건네주자 마리는 강을 그리고, 그 강가에 나란히 선 두 사람을 그리고, 그 옆에 배도 그렸다.

"어디 보자." 내가 그림을 보고 말했다.

"이 수수께끼를 냈을 때 네 머릿속 원숭이는 내가 말한 장면을 해석했지. 이 그림처럼 말이야."

"제 머릿속 그림은 이보다는 더 사실적이에요." 마리가 웃으며 주장했다.

"그러니까 엄마 말은 네 원숭이가 추측을 한다는 거야. 그걸 기반으로 너는 수수께끼를 풀려고 하고."

"그럼 제 원숭이가 추측을 잘못했다는 거예요?"

"글쎄, 추측을 점검해 봐서 나쁠 건 없겠지." 나는 어깨를 으쓱해 보였다.

"하지만 어떻게요?"

"이렇게 해보자. 내가 그 수수께끼를 다시 낼 테니까 내 말을 잘 들으면서 네가 그린 그림을 봐. 정말 이 그림만이 가능한 건지 생각하면서 말이야."

"알았어요."

내가 다시 아주 천천히 수수께끼를 내는 동안 마리는 자기 그림을 집중해서 보았다.

"강가에 두 사람이 서 있어. 둘 다 강을 건너고 싶어 해. 배는 한 사람만 탈 수 있단다. 그런데도 둘 다 강을 건넜어. 어떻게 했을까?"

내 말이 끝나자 마리는 잠시 생각하더니 갸웃거리며 말했다.

"음, 엄마는 두 사람이 강의 같은 쪽에 있다고 하지는 않았어요."

"맞아. 그런 말은 하지 않았지. 아직 문제를 풀진 못했지만 네 생각을 의심했으니 보너스 점수 줄게." 내가 눈을 찡끗하며 말했다.

“음……, 내 원숭이는 아직도 강가에 서 있는 사람들에 대해 얘기하고 있어요.” 마리는 점점 정답에 가까워지고 있었다.

감각을 열면
내면의 지혜가 보인다

우리는 위클로 길에서 계획한 마지막 루트 위에 섰다. 오늘은 라운드우드에서 에니스케리까지 걸을 생각이다. 그리고 에니스케리에서 마지막 밤을 보낸 다음 내일 집으로 돌아갈 예정이다.

“오늘은 네 원숭이를 잠재우는 법에 대해 말해보자꾸나.” 내가 말했다.

“원숭이를 좀 쉬게 하면 그 수수께끼를 푸는 데도 도움이 될 거야. 그런데 그 전에 지금까지 배운 걸 좀 정리해 보자. 어디서 스트레스 반응이 오고 그런 반응을 어떻게 하면 줄일 수 있는지 좀 더 알아봐도 좋겠구나.”

우리는 동화 속 마법 세상 같은 숲길을 걸었다. 온 천지가 고요했다.

"조금만 더 조용히 걷자꾸나." 내가 제안했다.

등산화 아래로 마른 나뭇가지와 솔잎들이 부서졌고 숨소리, 심장 박동 소리, 발걸음 소리가 서로 보조를 맞추며 나아갔다. 하지만 내게는 고요의 소리가 가장 크게 들렸다.

"그래서 스트레스 반응은 어디서 와요, 엄마?" 나무로 우거진 어두운 숲을 벗어나 잠깐 쉬며 물을 마실 때 마리가 물었다.

"그걸 가장 잘 설명하려면 아무래도 다시 예를 드는 게 좋겠지? 예를 들어 좋아하지 않는 일이나 과제 혹은 활동을 해야 할 때 우리는 온갖 부정적인 감정을 느끼지. 그 일을 오랫동안 해야 할 때는 더 말할 것도 없고 말이야."

우리는 물병을 배낭에 넣고 다시 걷기 시작했다.

"뭔가 맞지 않는 환경에 있을 때 우리 뇌는 부정적인 감정을 유발하면서 신호를 보내. 그럴 때 우리는 스트레스를 느끼지." 내가 이어서 말했다.

"여기서 환경이란 우리가 해결해야 할 과제, 우리가 함께 시간을 보내야 하는 사람, 여가 활동 모두를 포함하는 말이란다. 그거 기억하지? '능력의 방정식' 말이야. 그 방정식으로 네가 지금 어디에 있는지 들여다보면 너의 재능, 역량, 필요한 것, 성격 그리고 관심사도 보인단다." 나는 발걸음을 늦추며 힘주어 말했다.

"마리야, 네 관심사를 절대 과소평가하지 마. 네가 무엇을 아주 잘한다고 해서 네가 그 일을 꼭 좋아하는 건 아니란다."

마리는 잘 모르겠다는 듯 이맛살을 찌푸렸다.

"엄마 생각에는 어떤 과제를 단지 만족할 수준으로 완수하는 것보다 그 과제를 좋아하는 게 훨씬 더 중요한 것 같아. 좋아하지만 그렇게 잘하지는 못하는 무언가를 해야 할 때 우리 뇌는 그 일을 잘하지 못하는데도 긍정적인 감정을 일으키지. 그리고 그것이 다시 그 과제를 완수하는 데 필요한 에너지와 동기를 제공하고 말이야."

"그래서 엄마는 그림을 그리는 거예요?" 마리가 웃으며 말했다. 마리의 빨갛고 풍성한 머리카락이 흔들렸다.

나는 아이의 팔을 살짝 쳤다.

"엄마는 그림 그리기가 정말 좋아. 재능은 없지만 그림이 정말 재미있어." 내가 변명 아닌 변명을 했다.

"요약하면 우리가 할 수 있는 것 혹은 하고 싶은 것과 우리가 처한 환경이 다를 때 우리 뇌는 우리에게 스트레스를 느끼게 한단다." 나는 다시 본론으로 돌아가 말했다.

"스트레스는 정신적 에너지를 상당량 먹어 치우지. 나는 하기 싫지만 해야 하는 일만 하는 날이면 퇴근 시간도 훨씬 전에 정신적으로 고갈되어 버린단다. 이건 해야 했던 일이 정말 얼마나 힘들었느냐보다는 나의 호불호에 따라서 그 일이 특별히 힘들게 느껴졌기 때문이지. 그래서 정신적 배터리가 그 일 자체보다 그 일로 받는 스트레스에 대처하느라 더 많이 소모되었던 거고. 그 모든 일을 의무가 아니라 하고 싶어서 하는 사람이라면 종일 그 일을 할 수 있어서 오히려 정신적 배터리가 더 채워지겠지."

"하지만 때로는 좋아하지 않는 일도 해야 하잖아요. 그게 인생이고요. 싫은 일이 좀 있다는 이유만으로 직장을 그만둘 수는 없잖아요." 마리가 논박했다.

"네 말이 맞아. 에너지를 빼앗기고 있음을 느낄 때 우리는 질문을 해야 해." 내가 대답했다.

마리가 잔뜩 기대하며 나를 보았다.

"그러니까 우리가 처한 그 환경을 바꿀 수 있는지 없는지 물어야 해. 자꾸 좌절하게 되는 상황으로 불행하다면 다른 새로운 환경을 찾는 게 더 낫겠지."

"크리스티나처럼요? 직장에서의 스트레스가 어마어마했고 불행했잖아요. 하지만 감정적으로 무너질 정도의 경험을 한 후에야 그 환경에서 벗어날 수 있었어요." 마리가 말했다.

"무언가 다른 게 필요하다는 걸 강하게 느끼면 사람은 어떻게든 변한단다. 하지만 일단 먼저 느껴야지. 안타깝게도 끔찍하고 불행한 경험을 하고 난 뒤에야 그걸 느끼는 사람이 참 많단다."

"바네사하고 크리스티나처럼요."

"스트레스가 많으면 진정한 자신과도 멀어지게 되지. 그냥 머리로만 생각하고 가슴이 하는 말이나 다른 사람이 하는 말은 차단해 버리지." 내가 이어서 말했다.

"다행히 모든 사람이 다 그런 건 아니란다. 감각을 열어두면 내면의 지혜를 볼 수 있지. 크리스티나도 자기 자신이 늘 옆에 있는데 뭐가 무섭냐고 했지. 참 멋진 말이야."

"엄마는 엄마가 무엇을 하고 싶은지 어떻게 아세요?" 마리가 알고 싶어 했다.

"실험실 일을 그만두고 나도 내가 무얼 하고 싶은지 알고 싶었어. 그래서 그때까지 살면서 내가 시간 가는 줄 모르고 즐겁게 했던 일들을 다 적어보았어. 그게 내가 어떤 일을 할 때 행복한지 아는 데 큰 도움이 됐지."

나는 마리를 보며 말했다.

"너도 시간 가는 줄 모르고 하게 되는 일이 있니?"

마리는 잠깐 생각에 잠겼다.

"저는 운동이 좋아요." 마리가 말했다.

"오래 움직이지 못하면 뜨거운 석탄 위에 앉아있는 것처럼 안절부절못하죠." 그러고는 또 잠깐 생각했다.

"저는 책을 읽을 때나 엄마랑 주방에서 뭔가를 할 때 시간 가는 줄 몰라요."

"요리가 재미있니?" 나는 마리가 한 말이 믿기지 않아 물었다.

"아뇨, 그건 아닌데 엄마하고 시간을 보내는 게 좋으

니까요. 엄마하고 다양한 이야기를 나누는 게 정말 재밌어요."

"난 또, 내 딸이 멋진 요리사가 된 걸 내가 몰랐나 했네." 내가 씩 웃으며 말했다.

"엄마도 우리 딸이랑 같이 요리하며 대화하는 게 정말 좋단다."

우리는 서로 팔짱을 끼고 활기차게 걸었다.

완만한 구릉 지대를 이루는 풍경이 그야말로 초록의 끝없는 스펙트럼을 펼쳐 보였다. 우리 영혼에 이보다 더 좋은 청량제가 또 있을까?

"나는 그렇게 적어본 다음 내가 즐거워하는 일들이 어떤 직업에 좋을까 생각해 보았지. 그다음 시행착오도 거치면서 내가 좋아하는 일을 찾아낸 거란다."

나는 막 구름을 뚫고 나오는 해를 실눈을 뜨고 보며 계속 말했다.

"내가 신경과학과 뇌과학에 열정이 있음은 확실했단다. 실험실에서 일하던 마지막 해에 자기 계발 코치들을 위한 콘퍼런스에서 강연을 하나 해달라는 의뢰를 받은 적이 있었지. 뇌가 작동하는 법과 그걸 자기 계발에 이용하는 법을 말해주면 좋겠다고 했어. 게다가 같은 주제로 워크숍도 열어달라는 거야. 그때까지 내 강연의 청중은 언제나 다른 동료 과학자들이었고 워크숍은 해본 적도 없었단다. 하지만 나는 도전해 보기로 했어. 얼마나 흥분되던지. 내 원숭이가 밤새도록 종알대더군. 그리고 어떻게 되었을까? 강연은 믿을 수 없을 정도로 재미있었단다! 사람들이 내 강연을 매우 좋아했고 나는 에너지로 넘쳤지. 그때 내가 이번 인생에서 정말 하고 싶은 일이 뭔지를 대충 알게 됐지."

"새로운 일을 시도하면 무엇이 나를 기쁘게 하고 무엇이 그렇지 못한지 알 수 있다?" 마리가 요약했다.

"저는 이렇게 걷는 게 즐겁다는 걸 알아요. 하지만 걷는 일이 제가 좋아하는 직업으로 이어질 것 같지는 않은데요?"

"우리는 지금 여기에서 네 인생의 길, 다시 말해 너를 정말 행복하게 하는 길을 찾으려는 거란다. 그런 길이라면 돈벌이 그 이상이어야겠지. 예를 들어 너는 왜 걷는 게 좋은지 추가로 더 생각해 볼 수도 있어."

"자연에 있는 게 좋으니까요." 마리가 주저 없이 말

했다.

"왜 자연이 좋은데?"

"글쎄요. 편안하고 그냥 기분이 좋아요. 특히 자연에서 운동할 때는 더요."

"이렇게 걷는데 또 어떤 점이 좋으니?"

마리는 잠시 생각하며 몇 걸음 빨리 걷더니 돌아서서 나를 보았다. 그러고는 환하게 웃으며 말했다.

"엄마랑 이렇게 같이 걸으며 말하는 거요."

"그게 왜 좋은데?" 나는 끝까지 물었다.

"엄마니까요. 내가 사랑하는 엄마."

나는 딸아이가 사랑스러워 쪽쪽 소리를 내며 뺨에 뽀뽀를 퍼부었다.

"내가 방금 한 게 뭔지 아니?" 내가 물었다.

"자꾸 '왜'라고 물은 거요?"

"그래 맞아. 자꾸 '왜?'라고 물을 때 우리 내면 깊은 곳에서 필요로 하는 것이 드러난단다. 그것이 현재 우리에게 부족한 것이고 그 부족한 것이 평소에 우리가 뭔가를 결정하고 행동할 때 영향을 준단다. 질문을 자꾸 받으니까 너는 자연에 있는 걸 좋아하고 운동이 너한테는 중요하다는 걸 분명히 말할 수 있었지. 그런데 네가 좋아하는 걸 하기 위해 꼭 오늘처럼 이렇게 걸을 필요는 없지. 다른 활동으로도 자연에서 운동은 할 수 있으니까 말이야. 네게 필요한 것을 충족시키는 방법을 찾아내 그걸 네 인생에 통합시키는 게 중요하단다."

"그게……, 쉽지가 않아요." 마리가 항의하듯 말했다.

"조금 더 설명해 볼게. 그럼 더 명확해질 수도 있으니까." 내가 마리를 격려하며 말했다.

"내가 이해한 게 맞다면 사람들과의 관계나 사랑도 너에게는 아주 중요한 것 같구나. 나와 이렇게 며칠 위클로 길을 걸으면서 너에게 필요한 그런 것들이 충족되니 너는 지금 행복한 거고. 하지만 여기서도 사랑과 관계에 대한 너의 바람을 충족시키기 위해 우리가 꼭 이 길을 걸어야 하는 건 아닌 것도 맞지. 중요한 건 우리가 함께이고 자연에 있다는 거야. 그렇지?"

마리가 머리카락을 만지작거리며 잠깐 생각한 뒤 대답했다.

"네, 맞아요. 일단은 친구나 가족하고 많은 시간을 함께 보내는 것부터 가능해야 할 것 같아요."

나는 고개를 끄덕였다.

"아까 자꾸 질문하면서 나는 네가 자연을 즐기고 운동도 좋아하고 특히 가족과 시간 보내기를 좋아한다는 걸 알아냈어. 이것들은 너한테 필요한 아주 중요한 점들이지." 내가 요약하며 말했다.

"만약에 그것들을 다 누릴 수 있는 직업을 구할 수 없다면 그 모든 걸 퇴근 후에 할 수 있게 자유 시간을 충분히 주는 직업을 찾아볼 수도 있어."

"하지만 저를 행복하게 만드는 일이 아니라면 그건 시간 낭비잖아요." 마리가 완고하게 말했다.

"어쩐지 저는 저에게 정말 맞는 직업을 찾아야 할 것 같아요. 우리는 어쨌든 하루 중 많은 시간을 일을 하면서 보내니까요!"

"좋아, 그럼 아까 했던 게임 또 해볼까? 너는 직업이 왜 필요한데?"

"돈을 벌고 싶으니까요?"

"돈은 왜 벌어야 하는데?"

"살 집과 먹을 것과 자동차도 필요하니까요." 마리가 당연한 걸 묻는다는 듯 대답했다.

"그게 왜 다 필요한데?"

"먹지 못하면 죽잖아요. 집은 안전, 그러니까 저 자신을 보호하는 데 필요하고요. 자동차는…… 흠, 어쩌면 꼭 필요하지 않을 수도 있고요." 마리가 마침내 마음을 정했다는 듯 말했다.

"네 말을 내가 제대로 이해했다면 너한테 직업을 가질 때 중요한 것은 그 직업을 통해 네가 버는 돈이야. 그 돈으로 너를 안전하게 지킬 수 있으니까. 그렇지?"

"넵! 맞아요." 마리가 긍정했다.

"그럼 내가 요약해 볼게. 네 뇌한테는 안전하게 너를 보호하는 것이 가장 중요해. 그리고 그것을 네가 어떻게 이루는가는 온전히 너 스스로 결정해야 해! 그러니까 어떤 일을 할 것인가는 네가 정할 수 있어. 그 일이 네가 중요하게 여기는 안전에 대한 깊은 욕망을 충족시킨다면 무슨 일이든 상관없어. 그렇다면 굳이 왜 네가 좋아하지도 않는 일을 하겠어? 네가 좋아하고 너를 행복하게 하는 일도 그 욕망을 충족시킬 수 있는데 말이야."

"그리고 그럼 제가 행복해지고요?"

"최소한 네 인생의 길을 찾을 수는 있단다. 그리고 네 인생의 길에 행복이 있는 법이지." 내가 설명했다.

"그럼 바네사는요? 바네사는 큰 집에 비싼 자동차를 샀고 그 대출금을 갚아야 해서 쉽게 회사를 그만둘 수 없었잖아요." 마리가 물었다.

"설마 너 그런 고급 아파트가 작은 아파트보다 너를 더 행복하게 할 거라고 믿는 건 아니겠지?" 나는 윙크하며 되물었다.

"하지만 비싼 집에 사는 건 멋지잖아요!"

"흠, 마리야, 그러기 위해 치러야 하는 대가도 생각해 봐야 한단다. 계속 출세만 보고 달리는 삶이 과연 가치가 있는지 말이야. 크리스티나도 그랬지. 히말라야가 머릿속으로 들어오지 않을 때는 히말라야를 올라가 봐야 아무 소용이 없다고."

이 세상에 내가 바꿀 수 있는 단 한 사람

우리는 어느덧 바Barr에 도착했다. 뱃속에서 꼬르륵

소리가 났다.

"이번에 걸으면서 정말 장관을 많이 보게 되네요." 러프 테이 호수 쪽을 보면서 마리가 말했다.

러프 테이 호수는 화강암이 웅장한 루갈라 산과 다른 산들 사이에 포근히 들어앉은 그림 같은 작은 호수이다. 마리는 펀펀하게 깎여나간 암석 위에 서서 두 팔을 활짝 벌렸다.

"이제 날아갈게요. 저기 호수에서 수영 좀 하게요." 마리가 농담을 했다.

"그러려면 먼저 기운부터 좀 차려야겠는걸." 내가 웃으며 맞장구를 쳤다.

"오케이, 그럼 수영은 뭐 나중에 하는 걸로."

우리는 점심을 먹기 위해 바람막이가 있는 자리를 찾았다. 태양이 다시 작별을 고하고 구름 뒤로 사라졌다.

"자신이 바꿀 수 없는 상황에 있으면 어떻게 해요? 혹은 바꾸고 싶지 않은 상황이라면요?"

나는 잠시 생각한 후 말했다.

"우리 에너지를 빼앗는 상황 말이니? 우리를 힘들게 하고 스트레스를 주는 상황?"

마리가 고개를 끄덕였다.

"싫은 동료나 상사와 함께 일해야 할 때 우리 뇌는 에너지를 많이 쓸 수밖에 없단다. 혹은 할 수 없을 것 같은데 누가 시켜서 해야 하는 일이나, 좋아하지 않는 일을 해야 할 때도 그렇지. 그렇게 에너지가 점점 고갈될 때 우리는 일단 그 상황을 바꿀 수 있는지 자문해 볼 수 있어. 상사를 바꿀 수는 없지. 싫은 사람도 보통은 바꿀 수 없어. 바꾸고 싶어도 말이야. 상황이 더 이상 버틸 수 없고 삶의 질이 계속 나빠진다면 자신에게 맞는 다른 환경을 찾아보는 게 맞단다." 내가 설명했다.

"하지만 어디에나 싫은 사람은 있다는 건 알아야지. 그건 언제나 그런 거야."

"그렇다면 매번 새로운 환경을 찾지는 않는다?!" 마리가 분명히 말했다.

"그래 맞아. 그럼 이제 또 아주 중요한 질문을 하나 해야 하지. 다름 아니라 그 상황을 있는 그대로 받아들일 수 있는지 자신에게 물어보는 거란다."

마리는 1분 정도 생각했다.

"싫어하는 사람을 어떻게 받아들여요? 그 사람이 나

를 괴롭힌다면요?" 마리가 물었다.

"받아들이는 것과 동의하는 것은 다르단다." 내가 설명했다.

"상대를 바꿀 수 없음을 받아들이라는 거지, 그 사람의 행동에 동의하라는 게 아니야. 단지 '나는 이 사람을 싫어해. 그래도 괜찮아. 나는 이 사람을 바꿀 수 없어.'라고 말하는 거란다."

나는 마리에게 잠시 소화할 시간을 준 뒤에 천천히 말을 이어갔다.

"받아들이지 않으면 네가 너무 힘들 거야. 변하지 않는 상황은 바꾸려 하면 할수록 대개 더 나빠지기만 하니까. 이른바 '역설적 반동 효과rebound effect'라고 하지. 하지만 상황을 있는 그대로 받아들이면 뜻밖의 놀라운 일이 일어날 수도 있어."

"맞아요. 정말 다른 사람을 바꿀 수는 없어요." 마리가 신중하게 대답했다.

"하지만 받아들일 수는 있단다. 그럼 더 이상 좌절하지 않아도 되지." 내가 웃으며 덧붙였다.

"그리고 너 그거 아니? 좋은 소식도 있단다. 이 세상에서 우리가 바꿀 수 있는 사람이 한 명 있거든.”

마리의 뇌가 바쁘게 돌아갔다.

“우리 자신이요?”

우리는 서로를 보며 웃었다.

“그렇단다. 너 자신은 언제나 조절할 수 있단다. 자기조절 능력이 너에게 자유를 주고 그럼 무언가를 결정할 때도 자유롭게 결정할 수 있지. 이건 인생에 상당히 도움이 되는 인간의 좋은 능력이란다.”

나는 잠시 헛기침을 하고 말을 계속했다.

“신학자 라인홀드 니부어도 자기조절 능력을 주십사 기도했단다. ‘평온을 비는 기도’라고들 하는데 그 문장이 참 아름다워.”

신이시여,
바꿀 수 없는 것을 받아들이는 평온을,
바꿀 수 있는 것을 바꿀 용기를,
그리고 둘을 구별할 줄 아는 지혜를 주시옵소서.

자기조절 능력을 기르기 위한 전략

그사이 학생 단체가 우리처럼 그곳에서 쉬기로 했는지 몰려왔다. 우리는 조용히 샌드위치를 마저 먹고 지도를 들여다봤다. 앞쪽으로 조금 더 올라가야 에니스케리로 이어지는 내리막길이 나온다. 우리는 배낭을 챙기고 다시 걷기 시작했다.

"엄마, 자기조절에 대해 좀 더 설명해 주시겠어요?"

어느덧 조금씩 내리막길이 나왔다.

"그러고말고! 그렇다면 자기조절 최적화에 대해 좀 알아봐야 할 것 같구나. 지금까지 우리 뇌가 자기 자신, 다른 사람 그리고 자신의 과거와 미래에 관한 생각들을 생산한다는 걸 배웠지?"

"그리고 그 생각들이 우리 감정과 행동에 영향을 주고 마지막에는 삶의 질을 결정할 수 있다고도 하셨어요." 마리가 덧붙였다.

"맞아! 그리고 우리가 선보이는 능력은 우리 잠재력에서 내면의 제동장치를 뺀 거라는 것도 배웠지. 우리 잠재력은 우리의 재능, 역량, 경험, 관심, 전문성 등이 합쳐진 거란다. 그리고 잠재력을 발휘하려면 대개 일머리, 행동 계획, 목표 달성, 배움 등등에 중요한 역할을 하는 전두엽이 꼭 필요하단다."

"네, 그 정신적 배터리하고 상관있는 그거 말이지요? 배터리가 꽉 차 있으면 우리는 정신적으로 강하고 최고 능력을 보여줄 수 있는데 배터리가 비어 있으면 최고 버전의 자신을 보여줄 수 없다고 하셨어요. 옛날에 수영장에서 있었던 일로 예를 잘 들어주셨어요. 그 이야기는 생각할수록 재밌어요." 마리가 활짝 웃으며 말했다.

나도 웃지 않을 수 없었다.

"그날 수영장 나들이는 정말 전혀 즐겁지 않았지! 지금은 웃을 수 있지만 그때는 너무 피곤했고 완전히 고갈된 상태였지. 내 정신적 배터리가 바닥이었어!"

"불쌍한 엄마, 그 점은 지금도 안됐다고 생각해요!"

"아이고 우리 딸, 괜찮단다. 다 좋아!"

나는 딸의 기분을 북돋아 주고 이야기를 계속했다.

"우리 내면의 제동장치들은 너도 알다시피 능력 발휘에 좋지 않지. 그리고 그것들은 대개 감정들과 묶여있단다. 예를 들어 불안 혹은 스트레스 같은 것들 말이야. 그리고 바로 이런 종류의 감정에 편도체가 중요한 역할을 하지."

마리가 나를 보며 웃었다.

"엄마의 그 편도체……."

마리 말이 맞았다. 나는 다시 내 전공으로 돌아왔다.

"예를 들어 네가 너에게 전혀 맞지 않는 일을 해야 한다고 하자. 그럼 네 뇌는 레드카드를 꺼내면서 스트레스 신호를 보내. 그럼 편도체가 그 신호를 받고 행동에 들어가지."

"그리고 스트레스 반응이 터져 나오면 우리는 에너지를 잃고 배터리가 금방 바닥을 드러내요." 마리가 덧붙였다.

"그래, 맞아. 그럼 우리는 자신에게 맞는 환경을 찾아 나설 수 있어. 그때 자기 자신을 잘 알면 아주 좋지. 그러니까 자신이 무엇을 가장 중요하게 생각하고 무엇을 가장 필요로 하는지, 그리고 그것들을 충족해 주는 활동으로 무엇이 있는지 알면 매우 좋단다." 내가 계속 설명했다.

"그리고 에너지를 빼앗기지만 바꿀 수 없거나 바꾸고 싶지 않은 상황이라면 우리는 일단 받아들여야 해요. 하지만 동의하라는 건 아니고요!" 마리가 설명했다.

"맞아, 바로 그거야! 그런 환경이란 우리가 함께 일해야 하는 동료가 될 수도 있고 꼭 해내야 하는데 하고 싶지 않은 일이 될 수도 있어. 아니면 많은 사람들 앞에 나서야 하는 일일 수도 있고. 그러니까 우리 원숭이가 힘들다고 느끼는 상황, 다시 말해 스트레스로 분류하고 편도체 과다 활성을 부르는 상황들은 너무도 많단다." 내가 설명했다.

"그런 상황들을 받아들이면서 우리는 자기조절 능력을 키울 수 있어. 그런 상황을 받아들인다는 것은 상황에 대한 우리 내면의 반응도 받아들인다는 뜻이니까 말이야. 사실 상황은 저 바깥이 아니라 우리 머릿속에 있는 거잖니?

누군가를 싫어하거나 어떤 일을 하고 싶지 않아도 다 괜찮단다. 무대 위에서 노래를 부르기 전에 긴장하는 것도 당연하단다. 다른 사람 혹은 어떤 상황에 부정적인 생각과 감정을 갖는 것도 다 괜찮단다. 다 어쩔 수 없는 일이니까.

그런데 그런 생각과 감정을 어떻게 해야 할 때 자기조절 능력이 중요해지는 거지. 바로 여기서 우리는 적극적으로 책임을 지는 자리에 있게 돼. 자기조절 능력은 우리 자신과의 관계를 크게 바꾸지."

"그때 원숭이를 잠재우는 것이 중요한 거죠?" 마리가 흥미롭다는 듯 물었다.

"맞아. 정확하게 알고 있구나." 나는 이어서 말했다.

"전에 이 모든 것을 다 이해하고 난 뒤 나는 자기조절 능력을 키우기 위해 전략을 짜기 시작했지. 내 편도체의 활성화를 줄이고 동시에 내 정신적 배터리를 두둑하게 채우는 방법 말이야. 그게 바로 잠재력을 발현하고 능력을 키우는 데 우리에게 필요한 것이니까."

"그리고 최고 버전의 우리 자신이 되기 위해서도요." 마리가 덧붙였다.

"할머니는 당신의 그 말씀이 엄마한테 이렇게 큰 영향을 준 걸 아세요?"

"그럼 그럼. 내 연구가 모두 그 말씀에서 시작됐다고 언젠가 알려드린 적이 있지. 그리고 네가 믿을지 모르겠지만 그 뒤 할머니의 자기조절 능력이 아주 강해졌단다."

"설마요." 마리가 놀란 듯 소리쳤다.

"진짜야. 하지만 어떻게 그랬는지는 나중에 이야기해 줄게."

비탈진 길을 걷는 동안 우리는 아무 말도 하지 않았다. 마리와 나의 숨소리가 바람을 타고 흩어졌다.

"휴, 상당히 가파른데요?" 마리가 소리쳤다.

"그래도 화이트 홀로 오르는 길이 자갈길이 아니라 다시 이 깨끗한 널빤지길이라서 얼마나 다행인지 모르겠구나." 내가 숨을 헐떡이며 말했다.

바람이 더해져 기온이 내려갔음이 몸으로 느껴졌다. 나는 걷는 속도를 늦추고 호흡과 심장박동을 살피며 올라갔다. 올라갈수록 안개가 짙어졌으므로 우리는 드주스 산 정상까지 가지 않고 대신 아래쪽 둘레길을 걷기로 했다. 자욱한 안개 속에서도 곳곳에 네모반듯한 푸른 경지와 작은 마을이 모습을 드러냈다. 물론 아일랜드 앞바다의 모습도 나타났다 사라지곤 했다. 길은 좀 힘들어도 멋진 광경을 선사받게 되어서 나는 감사했고 행복했다!

"무슨 얘기 하다가 끊겼지?" 내리막길이 시작되자 내

가 물었다.

"아, 맞다! 자기조절 능력을 기르기 위한 전략을 얘기하던 중이었지. 과학적으로 그 효과가 증명된 중요한 전략 혹은 방법이 하나 있지. 규칙적으로 연습만 잘하면 아주 중요한 두 가지 일이 일어난단다. 첫째, 편도체가 안정돼. 전에 비해 편도체의 활성화가 천천히 일어나고 덜 강렬하지. 다시 말해 전에는 스트레스였던 상황이 그렇게 나빠 보이지 않게 되지."

"오! 그것참 좋을 것 같은데요?!"

"그래, 정말 좋아! 무대에 섰던 때를 생각해 봐. 이 전략을 규칙적으로 연습한다면 너는 무대에 서기 전에 덜 떨릴 거야. 다시 말해 내면의 제동장치가 눈에 띄게 약해지는 거지!"

"그 말은 잠재력을 있는 그대로 발휘할 수 있다는 거죠?" 마리가 혼잣말하듯 말했다.

"그래, 맞아. '자기만의 잠재력을 발휘한다'는 말의 의미가 그거란다. 그리고 거기서 끝이 아니야. 이 전략을 규칙적으로 연습할 때 뇌 피질의 많은 기능이 눈에 띄게 좋아지지. 이 전략을 연습하는 사람들이 창의적이고, 더 나은 결정을 하고, 무엇보다 기억력과 집중력이 좋다는 것이 과학적으로 증명됐단다. 몇 가지만 이야기해도 이 정도야."

마리의 표정을 보아하니 질문할 게 많은 듯했다.

"건강은요? 어제 크리스티나와 대화할 때 엄마가 그러셨잖아요. 편도체가 활성화되면 면역계가 약해진다고요. 그럼 편도체가 덜 활성화되면, 그러니까 그 전략을 쓰면 그 즉시 덜 아프게 될 것 같은데요?"

"그래. 그렇단다. 실제로 인간은 편도체가 활성화될 때 자주 아프단다. 거기다 스트레스를 푼답시고 술과 담배까지 하면 더 자주 아프게 되지. 지나친 스트레스 반응이 우리 에너지를 다 빼앗아 가기 때문에 에너지가 필요한 다른 기능들이 제대로 작동하지 못하는 거지. 그리고 그걸 전혀 감지하지 못한단다. 원숭이가 날뛰고 거기에 온통 주의를 빼앗길 테니까 말이야."

"그 모든 게 엄마가 말하는 그 전략이라는 걸 쓰면 다 사라져요?" 마리가 믿지 못하겠다는 듯 물었다.

"아니, 그럼 너무 좋겠지." 내가 웃으며 말했다.

"하지만 이 전략을 규칙적으로 연습하면 일반적으로

원숭이가 안정을 찾고, 그럼 굉장히 초연한 자세를 갖게 될 수도 있단다. 아울러 편도체 활성이 일으키는 다른 많은 부정적인 효과도 자연스럽게 줄겠지. 편도체가 안정될 테니까. 스트레스를 덜 받고 불안감도 덜해서 감정도 안정되고 긴장도 덜 느끼지. 연구에 따르면 전반적인 행복도와 개인적인 삶의 질이 눈에 띄게 좋아진다고 해. 부정적인 생각이 줄어들고, 그래서 다른 사람들과 더 잘 소통하게 되고 그렇게 인간관계도 좋아진단다. 공감 능력이 좋아지고 감정 지수와 사회성 모두 좋아지는 걸 확인할 수 있단다."

"그거 정말 만병통치약 같은데요?" 마리가 말했다.

"이제 그 전략 이름을 말해주세요."

명상할 때
뇌 속에서 일어나는 일

우리는 어느덧 드수스 산 아래로 흐르는 강 위의 나무다리에 도착했다. 강은 웅장한 암석들 사이를 유유히

흘렀다.

"알아차림 명상이라는 거란다." 잠시 후 내가 이렇게 말하고 마리를 보았다.

"뭐라고요?" 마리는 놀란 듯했다.

"명상으로 자기조절이 된다고요? 확실해요, 엄마? 난 완전히 다른 걸 기대했다고요!" 마리는 약간 의심스러운 모양이었다. 나는 미소를 지었다.

"처음 알아차림 명상을 경험했을 때를 나는 지금도 분명히 기억하고 있단다. 그때 나는 내 사무실에 앉아 알아차림 명상에 관한 글 하나를 거듭해서 읽고 있었지. 내 원숭이가 자꾸 나를 설득하려 했어. '명상은 종교인들이 하는 거잖아! 동료들한테 네가 명상 공부를 하고 있다고 말하면 절대로 안 돼!' 같은 대단한 평가들을 내리면서 말이야. 녀석을 멈출 수가 없더군. 하지만 그 글이 내 마음 깊은 곳의 뭔가를 건드렸어. 처음 읽을 때부터 뭔가 강한 느낌이 왔지. 그래서 나는 그 주제를 파헤쳐 보기로 했어. 알아차림 명상에 대한 내 선입견을 따져보기로 한 거지. 어쨌든 내가 알고 있는 게 별로 없었으니까 말이야."

"명상이라는 개념에 대해 가끔 듣기는 했어요. 하지만 엄마처럼 매료될 정도는 아니고요." 마리가 말했다.

"명상에는 종류가 참 많단다." 내가 이어서 말했다.

"지금 우리는 아주 구체적인 명상법, 즉 알아차림 명상에 대해 말하는 거고."

"알아차림 명상은 어떻게 연습해요?" 마리가 알고 싶어 했다.

"비밀은 바로 그 연습에 있단다." 내가 말했다.

"지금까지 말한 긍정적인 효과들을 경험하려면 알아차림 명상의 핵심인 그 연습을 어떻게 하는지 알아야 한단다. 바로 거기에 명상과 다른 것들의 차이가 있거든."

다리 위 반대쪽에서 젊은 한 쌍이 나타났다. 둘은 다리 중간에서 멈추더니 서로 열정적으로 키스했다.

"키스도 일종의 명상 아니에요?" 마리가 나를 놀리듯 말했다.

"이렇게 말하자꾸나. 우리는 모든 활동을 알아차리면서 할 수 있단다. 두 사람이 서로 열정적으로 키스한다면 두 사람은 알아차리고 있다고 가정할 수도 있을 것 같구나." 내가 마리를 보며 웃었다.

"키스는 어쨌든 면역력에도 좋단다."

"그럼, 다시 명상 얘기 해줘요." 마리가 본론으로 돌아갔다.

"그래, 마리 네가 그랬지. 생각이 제멋대로 흘러간다고. 그렇지?"

마리가 고개를 끄덕였다.

"우리 뇌 속에는 네트워크가 많단다. 우리가 특정 과제에 몰두하지 않을 때는 그중에 '기본 모드 네트워크DMN: Default Mode Network(우리가 아무것도 하고 있지 않을 때 활성화되는 뇌의 영역을 말한다. DMN은 무언가에 집중하고 있을 때를 제외하고 항상 켜져 있다. 즉 쉬지 않고 뭔가를 항상 생각하고 있다는 것. 인간은 뭔가를 생각하는 상태가 디폴트, 즉 기본 상태라는 것이며 여기서는 원숭이를 의미한다.—옮긴이)'가 활발해진단다. 이때 생각이 제멋대로 날뛰고, 현재 상황과 전혀 상관없는 모든 방향으로 도망치지. 기본 모드 네트워크에는 많은 기능이 있지만 여기서는 널뛰는 생각에 집중해 보자꾸나."

마리가 고개를 끄덕이며 경청했다.

"알아차림을 연습할 때 우리 뇌는 기본 모드 네트워

크가 아니라 '직접 경험 네트워크DEN: Direct Experience Network'를 활성화한단다. 즉 감각을 통한 즉각적이고 직접적인 경험을 하게 되지. 지금 우리는 끊임없이 말로 표현하는 앎이 아니라 직접적인 감각 경험에 의한 앎을 말하고 있는 거란다."

"오, 엄마, 또 골치가 아프려고 해요. 신경과학은 너무 어려워요."

"좋아! 그럼 이것만 알아두자꾸나. 이 두 네트워크는 동시에 활성화될 수 없어. 그러니까 널뛰는 생각을 잠재우면 직접적인 경험이 가능해지는 거지. 바로 이것 때문에 알아차림 명상이 마술을 부릴 수 있는 거란다."

"그럼 원숭이가 조용해져요?" 마리가 물었다.

"그럼, 그렇고말고. 알아차림 명상으로 원숭이도 달랠 수 있지." 내가 대답했다.

생각할 게 많은 듯 마리의 시선이 먼 곳으로 향했다.

"직접 경험 네트워크는 어떻게 활성화해요?"

"이미 말했듯이 직접 경험 네트워크는 우리 감각과 밀접한 네트워크란다. 그러니까 시각, 후각, 미각, 촉각 말이다. 이것들을 통한 경험에 온전히 집중할 때 직접 경험 네트워크가 활성화된단다." 내가 설명했다.

"그저께 네가 차가운 물에 손을 담글 때 너는 그게 어떤 느낌인지 아주 잘 의식했지. 그게 직접 경험 네트워크란다. 평가하거나 해석하지 않는, 감각을 통한 순수한 경험이지."

"그럼 생각이 잠잠해진다고요?" 마리가 믿을 수 없다는 듯 물었다.

"우리 뇌는 감각적 경험과 생각을 동시에 할 수는 없단다. 그러니까 기본 모드 네트워크가 잠잠해지면서 생각이 잠잠해진다는 거지. 원숭이는 아주 조용해지거나 심지어 침묵할 거야. 물론 오래 그러지는 않겠지. 곧 또 재잘댈 거야. 원숭이가 다시 나타날 때까지 얼마나 걸릴 것 같니?"

"몇 초?" 마리가 웃으며 대답했다.

"그래. 하지만 그것도 운이 좋으면 그렇지." 내가 동의해 주었다.

"알아차림 명상을 하면서 우리는 직접 경험 네트워크를 의식적으로 활성화해. 아까 말한 감각들 중 하나에 집중하면서 말이야. 그렇게 기본 모드 네트워크를 잠재우지. 하지만 생각은 다시 아주 빨리 모든 방향으로 퍼져나가지. 우리가 산만해지는 순간에 말이야. 우리 뇌가 즉흥적으로 그 어떤 생각이나 그림을 보여주려는 것 같기도 해. 그 순간의 상황과는 상관없는 생각과 그림들 말이야. 그런데 이제부터가 중요해." 내가 힘주어 말했다.

"알아차림 명상 도중에 자꾸 딴생각이 들잖아? 그래도 동요하지 말고 그렇게 딴생각이 든다는 것도 감각을 알아차리듯 알아차려. 그다음 그냥 다시 또 감각에 집중하며 그 순간을 알아차리는 거야."

"아하! 이제 이해할 것 같아요." 마리가 밝게 말했다.

"그러면 직접 경험 네트워크를 활성화하는 법을 직접 보여주세요, 엄마."

"잠깐 같이 연습해 볼래?"

"네, 꼭요!"

"좋아. 그럼, 저기 저 강가에 보이는 널따란 바위 위에 앉아보자꾸나."

마리가 내 손을 잡으며 걸음을 재촉했다.

알아차림 명상,
있는 그대로 순간을 받아들이다

우리는 경사면을 기어오른 다음 반대편으로 내려가 물가의 커다란 바위로 갔다. 꽤 큰 양치류 덤불로 둘러싸여 있는 바위였다.

"여기면 사람들 눈에 잘 띄지도 않고 좋겠구나." 내가 말했다.

우리는 배낭을 내려놓고 재킷을 바닥에 깔고 그 위에 앉았다.

"알아차림 명상을 하는 데는 여러 방법이 있지만 기본 원칙은 다 같다고 할 수 있어. 아무런 평가도 해석도 내리지 않고 우리 감각에 의식을 집중하며 직접 경험 네트워크를 활성화하는 거야. 그러다 보면 어느 순간 여러 생각이 다시 일어나면서 기본 모드 네트워크가 활성화돼. 하지만 그게 보이는 순간 차분하게 다시 감각으로 주의를 돌리는 거야. 얼마나 오랫동안 감각에 집중할 수 있는지는 중요하지 않아. 기본 원칙을 계속 따라가기만 하면 되니까 말이야." 나는 웃으며 마리를 바라보았다.

"편히 앉았어?"

마리가 고개를 끄덕였다.

"개인적으로 나는 눈을 감으면 더 좋아. 눈을 뜨면 내 원숭이가 눈앞에 보이는 것에 대해 말을 하거든. 하지만 너는 눈을 뜨는 게 좋으면 몇 미터 앞의 한 지점을 선택해서 집중해 보렴."

"그럼 저도 눈을 감을래요." 마리가 말했다.

"등을 바로 하고 앉아야 숨을 쉬기가 더 편할 거야. 일단 세 가지 서로 다른 방식으로 직접 경험 네트워크를 활성화해 보자. 그러다 보면 너도 알아차림 명상에 조금은 익숙해질 거야. 먼저 촉각을 써보자꾸나. 우리 손의 감각에 완전히 집중해 보는 거야. 무릎이나 허벅지에 가만히 손을 올려놓아. 첫 1분 동안은 손에 집중해 봐. 어떤 느낌인지 평가하지 않고 그냥 느끼는 거야. 정말 그냥 느끼기만 해. 손의 피부로 느껴지는 것을 해석하거나 평가할 때 우리 뇌 속 원숭이가 다시 활발해진단다. 그런 일이 일어나면 다시 손으로 주의를 집중하면 된단다. 손을 느껴봐. 지금 느끼는 것을 그대로 받아들여.

1분 정도 그러고 있으면 내가 '호흡'이라고 말할 거야.

그럼 우리는 이제 호흡에 주의를 집중할 거야. 호흡하는 방식을 바꾸는 건 아니야. 단지 몸의 움직임 혹은 공기가 폐로 들어왔다 나가는 것을 알아차리기만 하는 거야. 숨을 들이쉬고 내쉬면 당연히 가슴이나 배가 움직일 테니 그걸 알아차릴 수도 있고.

그럼 이제 마지막으로 주변의 소리에 주의를 집중할 거야. 내가 '듣기'라고 말하면 이제 소리만 듣는 거야. 그냥 소리만 인식하는 거지. 멀리서 오는 소리일 수도 있고 여기 강물과 바람 소리처럼 가까운 데서 나는 소리도 좋아. 심지어 우리 귓속에서 소리가 날 수도 있는데 그것도 그냥 들어. 여기서도 마찬가지야. 원숭이가 뭐라고 해도 우리는 그걸 인식한 다음 다시 소리에 주의를 집중할 거야." 여기까지 말하고 나는 마리가 잘 따라오고 있는지 보기 위해 잠시 멈췄다.

"준비됐니?"

"네." 마리가 답하며 눈을 감았다.

마리와 내가 처음 같이 명상하는 장소로 위클로 국립공원의 흐르는 강가보다 더 멋진 곳이 또 있을까? 나는 감사했고 뭔가 경이로웠다.

잠시 뒤 우리는 명상을 마치고 눈을 떴다.

"좀 기묘했어요." 마리가 웃으며 말했다.

"기묘했다고? 어떻게?"

"긴장하거나 그런 건 아닌데 머릿속을 휘젓고 다니고 싶어 하는 생각을 멈추기가 쉽지는 않았어요. 내 원숭이가 계속 말하고 싶어 하는 것 같았어요." 마리가 설명했다.

"호흡에 집중할 때는 그래도 좀 수월했어요."

"알아차림 명상을 하면서 처음으로 이 원숭이가 얼마나 시끄러운지, 그러니까 딴생각이 얼마나 자주 드는지 제대로 보게 되는 사람이 많단다. 평소에는 머릿속에서 얼마나 많은 생각이 일어나며, 그리고 그게 우리 감정과 행동에 얼마나 큰 영향을 주는지 전혀 알아차리지 못하고 살기가 쉽지." 내가 설명했다.

"하지만 아무것도 생각하지 않는 것이 우리의 목적은 아니란다. 이 점은 꼭 기억하렴. 그게 목적이라면 명상은 너무 힘든 일이 될 거야. 중요한 것은 주의를 지금 여기로 다시 가지고 오는 거란다. 그리고 바로 그게 직접 경험 네트워크를 활성화하지. 그럼 자연스럽게 기본 모드 네트워크가 비활성화되고 떠도는 생각들도 배경 속으로 사라지지. 생각이 다시 전면에 나타나려고 하면 우리는 다시 침착하게 지금 감지되는 느낌에 주의를 집중하는 거야. 결국 이 명상은 의식을 돌리는 연습이란다, 긴장을 푸는 연습이 아니라. 긴장 완화는 명상이 잘 될 때 따라오는 자연스러운 부수 효과지."

"흥미진진해요! 이제 이 간단한 연습이 어째서 그런 강한 효과를 내는지 이해했어요. 생각이 부정적이거나 긍정적인 감정을 불러와요. 그래서 알아차림 명상으로 생각이 고요해지면 당연히 스트레스도 줄어들어요." 마리가 정리했다.

"맞아, 바로 그런 거란다!" 나는 똑똑한 딸이 또 한번 자랑스러웠다.

"알아차림 명상을 하는 동안 기본 모드 네트워크가 잠잠해지고, 원숭이도 조용해지고, 그러면 생각이 편도체를 자극할 일도 줄어든단다." 내가 덧붙였다.

"하지만 스트레스가 오래 지속되면 다시 원숭이가 미쳐 날뛰게 되고 우리는 또 생각을 멈출 수가 없게 되지."

"그래서 크리스티나가 휴가지에 도착해도 도착한 게 아니라고 한 거고요." 마리가 확신하며 말했다.

“히말라야를 제대로 볼 수도 없고요.”

“그리고 바네사도 그래서 일 중독에서 벗어날 수가 없었던 거지.” 내가 이어서 말했다.

“바네사는 자신의 머릿속에 갇혀 살았어. 바네사의 원숭이도 바네사와 함께 10년이나 일 속에 파묻혀 살았으니 일 외에 다른 것은 생각할 수도 없었겠지. 원숭이가 기본적으로 일에 대해서만 말하니까 바네사도 일에 대해서만 듣게 되었지.”

“외부 세상에 대해 듣는 법을 잊어버린 거예요.” 마리가 말했다.

“자기 자신과 원숭이의 수다만 의식하게 되었고요.”

“스트레스가 심할 때 사람들이 대화를 잘할 수 없는 것도 바로 그런 이유에서란다. 심지어 이해하기 위해서가 아니라 상대의 말을 끊기 위해서 상대의 말을 듣기도 하지. 원숭이가 빨리 말을 끊으라고 하니까. 너한테 더 좋은 할 말이 있다면서 말이야!”

“아, 네. 그거 저도 알아요.” 마리가 말했다.

“특히 화가 날 때는 원숭이 말을 거부하기가 정말 어려워요.”

"하지만 규칙적으로 알아차림 연습을 해서 원숭이가 잠잠해지면 우리는 정신적 여유가 생겨서 상황에 적절하게 반응할 수 있단다. 원숭이는 상황에 적절하지 않은 반응을 권하는 경향이 있거든!" 내가 설명했다.

"하지만 우리가 흥분하거나 긴장하면 편도체도 흥분하고 그럼 원숭이도 흥분하다가 소리를 지르기도 해. 그럼 원숭이 말을 거스르기가 더 어려워지지."

"원숭이와 편도체가 알아차림 명상 덕분에 잠잠해지면 우리 자신이 어떻게 반응할지 스스로 결정할 수 있어요!" 마리가 강조했다.

"그렇지! 우리가 결정할 수 있단다. 마리야, 알아차림 명상은 그렇게 우리에게 선택의 자유를 준단다. 통제력을 잃은 상사를 좋아하는 사람은 없어. 통제력을 잃은 파트너도, 통제력을 잃은 부모도 좋아할 사람은 없지. 하지만 알아차림 명상은 우리 행동을 통제할 수 있게 하지. 이건 우리 인간만이 할 수 있는 일이야. 그래서 엄마는 이게 인간이 가진 가장 멋진 점이라고 생각한단다. 인간만이 가진 지혜 같은 거지."

매일 15분, 8주 명상으로 원숭이를 잠재우다

우리는 한동안 그 바위 위에 앉아있다가 다시 가던 길을 갔다. 정글 같은 산을 오르고 나니 멀리서 파워스코트 폭포 소리가 들렸다. 에니스케리가 가깝다는 뜻이었다.

"엄마, 알아차림 명상의 긍정적인 효과들을 경험하려면 얼마나 자주 연습해야 해요?" 얼굴로 흘러내리는 빨간 머리카락을 매만지며 마리가 물었다.

"어느 정도는 규칙적으로 연습해야 한단다. 알아차림 명상의 효과에 관한 연구들이 많은데 그걸 보면 대개 약 8주 이상 연습해야 한다는구나. 그러니까 8주 정도 규칙적으로 명상하면 첫 번째 효과를 감지하게 된단다. 매일 한다면 말이야." 내가 설명했다.

"처음에는 대개 내면이 고요해지고 평화로워지지. 잠을 더 잘 자고 기분이 좋아지고 스트레스가 줄어들어. 충동적인 행동도 덜 하게 되고 말이야."

"그러니까 매일 몇 분 정도 좀 전에 했던 것처럼 명상하면 되는 거예요?"

"가장 중요한 규칙은 감각으로 느껴지는 것에 평가 없이 집중하는 것으로 직접 경험 네트워크를 활성화하는 거야. 그러기 위해 우리가 좀 전에 했듯이 네 호흡이나 네 손에 집중해. 단지 호흡만 의식하는 사람도 많고 몸의 감각을 스캔(바디스캔Body Scan, 발끝에서 머리끝까지 차례로 몸 전체를 마치 스캔하듯이 관찰하는 명상법—옮긴이)하는 사람도 많단다. 그리고 아무것도 하지 않고 온전히 고요 안에 있는 것으로 명상하는 사람도 있고 말이야. 다양한 알아차림 명상을 시도해 보면 너에게 맞는 걸 발견하게 될 거야. 처음에는 하루에 5분에서 10분 정도만 추천할게. 그 정도가 쉽다 싶으면 15분 정도로 조금 늘릴 수 있어. 그렇게 15~20분 정도 매일 명상한다면 시작하는 것으로는 그보다 더 좋을 수 없단다. 예를 들어 엄마는 주말에는 기꺼이 30~45분 정도로 좀 더 길게 명상하지. 몸의 반응을 잘 살피면 네게 어떤 게 좋은지 알아차리게 될 거야."

"언제 명상하세요?"

"엄마는 하루를 시작하고 마칠 때 짧게 명상한단다.

그렇게 내 의식을 지금 여기로 가지고 오려고 하지. 과거나 미래에 관한 생각 속에서 길을 잃고 싶지는 않거든. 알아차림 명상은 기본적으로 평가 없이 순간을 온전히 인식하는 거란다." 내가 대답했다.

"우리 주변의 모든 걸 평가하는 것은 수다스러운 원숭이란다. 하지만 감각에 의식을 집중하고 직접 경험 네트워크를 활성화하면 그 평가하기 좋아하는 원숭이를 잠재울 수 있단다."

"우리가 지금 일어나고 있는 일을 평가하지 않고 받아들이면 더는 흥분하지 않겠지요." 마리가 덧붙였다.

"바로 그거란다. 여기서 받아들임이 굉장히 중요한 역할을 해. 알아차림 명상을 하면서 나는 그 순간 나를 둘러싸고 일어나는 모든 일을 받아들인단다. 생각이 많아지면 그것도 받아들인 다음 떠나게 해. 감각에 집중하면서 말이야. 어떤 생각을 할지 내가 결정할 수는 없어. 그럼 무엇 때문에 생각하고 싸워? 싸우면 더 나빠지기만 하지. 생각을 받아들인 다음 조심스럽게 생각이 지나가게 두는 게 더 낫지."

"말은 쉬워도 실제로 그렇게 하기가 쉽지는 않을 것

같아요." 마리가 말했다.

"화가 나거나 정신이 없을 때 과연 그 순간을 알아차릴 수 있을지 아직 잘 모르겠거든요. 예를 들어 누군가와 토론하고 있다면요. 저는 그 사람에게 분노를 느껴요. 그때 갑자기 눈을 감고 명상을 시작할 수는 없잖아요. 안 그래요, 엄마?"

"흠, 할 수는 있지. 하지만 그렇다고 그 상대가 잠잠해질 것 같지는 않구나." 내가 웃으며 농담했다.

"규칙적으로 명상을 하면 원숭이의 속도가 느려진단다. 그러니까 원숭이가 스트레스에 반응하는 속도가 느려지지. 몇 주 연습하고 나면 너 자신이 더 침착하고 태연해짐을 느끼게 될 거야. 명상하지 않을 때도 말이야. 이 말은 네가 힘든 상황에 있어도 네 원숭이가 예전처럼 그렇게 금방 흥분하지 않고 스트레스도 예전처럼 막 커지지는 않는다는 뜻이야. 물론 여전히 힘들기는 할 테지만 통제 가능하다고 느끼게 될 거야. 그리고 스트레스 양을 재빨리 줄일 수도 있을 거야. 날뛰려는 원숭이에게 휘둘리지 않고 밀려오는 생각들을 받아들이고 몸의 변화를 의식하면서 말이야."

"정말 그럴 수 있다면 굉장한데요." 마리가 감탄하며 말했다.

"몇 년 전에 할머니가 한동안 공황 발작으로 힘들어 하셨단다. 의사들은 몸은 건강하시니 스트레스를 줄이는 게 좋겠다고 했지. 나는 내 연구에 관해 설명하면서 알아차림이 무엇인지 알려드렸어. 할머니는 이해하셨고 그때부터 매일 명상을 하셨단다. 지금 할머니는 매사에 평정심을 잃지 않으시지. 삶의 질도 눈에 띄게 좋아졌고 말이야. 할머니는 '알아차림 명상이 있어서 얼마나 다행인지 모른다!'라고 틈만 나면 말씀하시지."

나는 심호흡을 하며 이야기를 마쳤다.

살면서 때때로 던져야 할 질문, '나는 어떤 사람이 되고 싶은가'

마리와 나는 이제 에니스케리에 있는 숙소에 들어왔다. 나는 등산화를 벗고 침대에 누웠다. 작은 천창을 통해 들어오는 그날의 마지막 햇살이 내 얼굴을 따뜻하게 비춰주었다. 나는 눈을 감고 마리의 질문을 떠올렸다. "나는 누구고 어떤 사람이 되고 싶을까요?" 이것은 나도 자주 했던 질문이고 아주 중요한 질문이다.

시간이 흐르면서 나는 내가 되고 싶지 않은 것을 찾기가 더 쉽다는 걸 배웠다. 그것과 비교하면 인생에서 무엇이 나를 정말 행복하게 하는지 아는 것이 훨씬 더 어렵다. 하지만 나는 그 답을 찾았고 지금 내가 걷고 있는 이 길이 그 답이다. 그러나 나는 이 질문에 때때로 다시 대답해 봐야 한다고 생각한다. 나를 위해서 그리고 내 인생의 길에서 벗어나지 않기 위해서.

마리가 내 팔을 부드럽게 쓸면서 물었다.

"엄마 주무세요?"

"아니, 생각 좀 하고 있단다."

"그럼 또 뭐 하나 물어봐도 돼요? 인생에서 원하는 것을 찾기 위해 저는 다양한 활동들을 시도하고 연구해 봐야겠지요?"

"그렇지." 내가 대답했다.

"그런데 인생에서 네가 원하는 것이 무엇인지 모른다고 해서 인생의 소용돌이 속에서 길을 잃었다고 생각하진 마. 그건 절대 아니니까. 단지 너는 지금 네 인생을 탐구하고 있는 거지. 하지만 그렇게 탐구할 때 네 감각들을 모두 열어두는 게 중요하단다. 머릿속에 갇혀 있지 말고 네 감각들과 함께 마음을 열고 세상에 다가가는 게 중요하지. 지금 여기, 이 순간의 지혜에 집중하면서 말이야. 왜냐하면 그럴 때만 내면의 목소리가 너를 인도할 수 있거든. 알아차림 명상이 네가 정말 누구이고 너에게 무엇이 중요한지 찾는 데 길잡이가 되어줄 거야."

"저는 절대 혼자가 아니에요." 마리가 웃었다.

"그래. 네 옆에는 항상 너 자신이 있지." 내가 윙크하며 말했다.

마리가 차를 끓여왔으므로 나는 고맙게 받았다. 마리는 에너지와 삶의 기쁨으로 넘쳤다.

"할머니에게 그런 일이 있었는지는 몰랐어요." 마리가 말했다.

"그런데 처음에 엄마가 집을 떠나던 날 할머니가 해준 말이 시간이 흐르는 동안 하나의 원을 그리며 완성되는 것 같아 어쩐지 감동적이에요."

나는 마리를 보고 미소를 지었다. 울컥했고 눈물이

날 것 같았다.

“그래. 할머니가 분명 큰 역할을 하셨지. 자기 최고의 버전이 되는 것이야말로, 각자의 인생에서 도달할 수 있는 가장 높은 곳이라는 말씀을 해주신 걸로 말이야. 그 덕분에 나는 살아있는 한 절대 끝나지 않을 여정에서 헤매지 않고, 알아차림 명상이 큰 역할을 할 것임을 분명히 알 수 있었지. 할머니의 말씀이 아니었다면 답을 얻기까지 조금 더 오래 걸렸을지도 몰라. 중요한 건 이제 마리 네 차례라는 거야. 네가 알아차림을 통해 어떻게 하면 좀 더 의미 있는 삶을 살지 혹은 좀 더 많은 걸 성취할 수 있을지 알게 되기를 바란다. 마음을 열고 잘 받아들이기만 한다면 찾아야 하는 것, 네가 찾고 싶은 것을 반드시 찾게 되어 있음을 꼭 기억하려무나.”

“저만의 인생의 길 말이지요?” 똑똑한 내 딸이 결론을 지었고 나는 한없는 사랑을 느꼈다.

마리는 옆 침대에 앉더니 강가의 두 사람을 그렸던 종이를 다시 꺼냈다. 그러고는 수수께끼를 중얼거렸다.

'둘 다 강의 다른 쪽으로 건너고 싶다. 하지만 배는 하나뿐이고 한 번에 한 사람밖에 나를 수 없다. 하지만 둘 다 강의 다른 쪽으로 건넜다. 어떻게?'

나는 침대에 누워 몸을 쭉 폈다. 노곤했지만 편안했다.

"아, 엄마는 두 사람이 강의 같은 쪽에 함께 있다고는 하지 않았어요! 그러니까 서로 반대쪽에 서 있는 거죠? 그럼 한 사람이 배를 타고 건넌 다음, 반대쪽에 있던 사람이 다시 배를 타고 건너면? 맞죠?!" 마리가 엄청난 발견을 한 듯 소리를 질러댔다.

나는 마리 쪽으로 몸을 돌리고는 딸이 자랑스럽다는 듯 웃어주었다.

조세피엔과 말루에게 고맙습니다.

_ 당신들은 내 빛입니다.

다시 아이를 키운다면 뇌과학부터

초판 1쇄 인쇄 2023년 3월 31일
초판 1쇄 발행 2023년 4월 6일

지은이 | 카롤리엔 노터베어트
옮긴이 | 추미란

발행인 | 박재호
주간 | 김선경
편집팀 | 강혜진, 이복규, 허지희
마케팅팀 | 김용범
총무팀 | 김명숙

디자인 | 이경란
표지 그림 | 변영근
종이 | 세종페이퍼
인쇄 · 제본 | 한영문화사

발행처 | 생각정원
출판신고 | 제25100-2011-000320호
주소 | 서울시 마포구 양화로 156(동교동) LG팰리스 814호
전화 | 02-334-7932 **팩스** | 02-334-7933
전자우편 | 3347932@gmail.com

ISBN 979-11-91360-64-6(03850)